回忆 的花园

严彬—著

孟繁华 张清华/主编

情感共同体
80后作家大系

山东文艺出版社

图书在版编目（CIP）数据

回忆的花园 / 严彬著 . -- 济南：山东文艺出版社，
2024. -- （情感共同体·80 后作家大系 / 孟繁华，张清
华主编）. -- ISBN 978-7-5329-7200-5

Ⅰ . I227

中国国家版本馆 CIP 数据核字第 2024PV3847 号

回忆的花园

HUIYI DE HUAYUAN

严彬　著

主管单位	山东出版传媒股份有限公司	
出版发行	山东文艺出版社	
社　　址	山东省济南市英雄山路 189 号	
邮　　编	250002	
网　　址	www.sdwypress.com	

读者服务　0531-82098776（总编室）
　　　　　　0531-82098775（市场营销部）
电子邮箱　sdwy@sdpress.com.cn

印　　刷	肥城源盛印刷有限公司	
开　　本	620 毫米×1000 毫米　1 / 16	
印　　张	14.75	
字　　数	190 千	
版　　次	2024 年 7 月第 1 版	
印　　次	2024 年 7 月第 1 次印刷	
书　　号	ISBN 978-7-5329-7200-5	
定　　价	52.00 元	

——献给我的父亲陈浦和、家人和亲戚。

总序
80后：一个情感共同体

孟繁华　张清华

　　"情感共同体"，是新近兴起的历史学流派——情感史研究的概念。这个历史学研究流派被称为史学研究的新方向，它在考量客观事实的同时，还关注到人的道德、行为、信仰与情感等因素。美国学者苏珊·麦特和彼得·斯特恩斯指出，对情感的研究改变了历史书写的话语——不再专注于理性角色的构造，而情感研究已有的成果已经让史家看到，不但情感塑造了历史，而且情感本身也有历史。当然，研究历史与情感的关系和研究文学与情感的关系，是完全不同的两回事。借助历史研究的"情感共同体"概念，意在说明，这个共同体是一个真实的存在，而并非空穴来风。

　　将80后作家群体看作一个"情感共同体"，当然也只是一个比喻，一如我们此前将70后看作"身份共同体"一样。任何比喻都是有欠缺的，但可以将比喻对象更形象地呈现出来。另一方面，即便是80后本身，他们也从不同的方面将作家看作一个"共同体"。80后有代表性的批评家杨庆祥，写了《80后，怎么办》一书，引起很大反响，特别是在80后群体中，反响更强烈。张悦然说："十年前80后主要是一种反叛形象，主要写的是叛逆青春，那时候的80后肯定不需要《80后，怎么办》这本书。但是到了现在，变化非常大。我的问题在于，这代人是不是变得太快了一点，好像青春结束得太早了一点，一下子就进入了一种很委顿的中年的状态里面。正是在这样快速的消失当中，我们这一代人需要停下来审视自己。"由此可见，杨庆祥的困惑切中了一代人的思想脉络。他书中提出的问题，比如"失败的实感""历史虚无主义""抵抗的假面""沉默的'复数'""从小资产阶级梦中惊醒""我们这一代没有真正的青春""我依然属于弱势群体""能够受到一些公平的待遇就可以了"等，因有极大的"共情性"，而受到了同代人的关注。这是80后内部对"情感共同体"认同的一个佐证。但无论如何，杨庆祥还比较客观。他终究还认为"我们是比50后、60后和70后更幸福的一代人"。这当然是另外一个话题。

在现代社会里，每个人都是当然的单个主体，但每一代人也必定有某种共性，虽然这共性也是被建构和解释出来的。80后的共性是什么？也许很难说清楚，杨庆祥的阐释或许也不能说服所有人。要想为他们找一个最大的"公约数"，确乎很难。但是，从某种意义上来说，这一代人有着相似的文化与社会境遇，却是事实。这种境遇在我们看来，或许就是一种历史的"错位感"与"迟到感"。他们成长的阶段，刚好是中国社会迅猛变革与走向市场化的年代，他们的童年与青春时代，经历了中国社会价值观的剧烈转换；而等到他们长成的时候，中国的社会已历经世纪之交，进入了一个阶层逐渐固化、机遇相对减少的时期。相对优越的成长环境、比较早地受到关注，与成年后的某种失落之间的落差，带给了这一代人特有的困惑与迷茫。

从这个意义上，与其说他们是一个"情感共同体"，不如说是"经验共同体"，只是这样说不够清晰和强烈而已。要想说得有效，而不只是"求正确"的话，那么"情感共同体"是一个必要和不得已的强调。但是须知，在情感体验与情感表达之间，也同样存在着巨大的差异，人的个性差异在文学表达中，尤其有决定性的作用，更何况，人所表达的情感，也未必是他内心感受到的真情实感。所以，从根本上说，即便是同代人，他们的创作也未必在同一个声音频道里。因此，恰是这些相同和差异，一起构成了这代人的整体特征。我们必须承认，现在我们讨论的80后作家，与刚刚出道时的80后作家已经非常不同。对那时的80后作家，社会和文学界都有不一样的看法，比如有的人认为，他们过早地被市场裹挟和被书商包装了，他们没有经历上几代作家所经历的那些制度性的历练，所以在他们之中也就"看不到跟经典写作接轨的作者"。同时还有一种看法，就是他们除了书写个人成长经验之外，很难进行真正的"创作"，对社会问题和社会公共事务还不具备处理的能力。

然而时过境迁，经过十多年的锤炼和努力，以及社会不同方面的合力培育，现在的80后已经蔚为大观，且早已实现了"纯文学"意义上的承前启后，逐渐成熟并走向了文学创作和批评的一线。为了培养文学批评队伍，中国现代文学馆已先后邀请了十余届客座研究员，这些人中的相当一部分是80后，十余届中已有数十人，其规模已足以令人生畏。更有第三届客座研究员，还将他们自己命名为"十二铜人"，显然隐含了自我认同的情感关系。鲁迅文学院多次举办"青年作家高级研修班"，参加者也多为80后。更有专门以培养"文学新锐"为己任的文学刊物或栏目，比如专门举荐文学新锐的《西湖》杂志，以及《人民文学》的"新浪潮"，《十月》的"小说新干线"，《北京文学》的"新人自荐"，《作家》的"处女作"，《天涯》的"新人工作间"，《民族文学》的"本刊新人"，《中国作家》的"新实力"等等，都培养了一大批80后作家。正如80后青年批评家行超所说，最近的这二十年，既是中国社会经济、文化思潮、价值取向发生巨大转变的二十年，也是80后一代从青春期的少男少女成长为家庭支柱和社会中坚力量的二十年。80后一代在生理和精神上的全面成长，必然导致如今的80后文学与此前呈现出若干显见的变化，世纪之交那种与市场需求、商业逻辑等相纠缠的青春文学，已逐渐在他们笔下消失，取而代之的，是在内容、主题、艺术手法等多方面都变得更加成熟、更加复杂的多样性的写作。到今天，在纯文学刊物、出版市场、网络文学等各个文学场域，80后作家都占有重要的位置。而这代人写作历程中所经历的变化，恰恰构成了中国文学在新世纪发展流变的一个面向。

从诗歌领域来看，80后的一代，似乎已经没有当年70后登场时那种明显的策略意识。他们既不急于标张自我文化身份的独异性，也不刻意强调与前代的继承性，在诗风上是相当"稳健"的一代。从社会身份看，他们也主要有两类，一类是"学院派"的，一类是"非学院派"的——隐藏于社会各界与三教九流，但共同点是，文化素养都相对较高。其中"非学院派"的一类在写作上更接地气，像丁成、阿斐、唐不遇，还有女诗人中的郑小琼、李成恩，他们都是现实感非常强的诗人，当然表达个性都各自有鲜明特点；而茱萸、胡桑、严彬、王东东则都属学者型的诗人，有很强的学院背景和诗学素养，他们的写作可以说都非常自信，有从容不迫的气度，既充满知性，同时又不掉书袋，殊为难得。这两类诗人，并没有像"第三代"那样分为"民间写作"和"知识分子写作"，他们几乎已经消弭了这些对立和差异。即使是像郑小琼这种出身底层、从"打工诗人"群体中成长起来的写作者，也体现出良好的素养，也写过许多具有先锋气质的，以及"纯粹植物"意义上的诗歌。

　　总体上，80后一代的文学评论家、小说家、诗人、散文家，已经全面覆盖当代中国文学的各个场域。为了推动这个文学群体的健康发展，鼓励青年作家创作，我们在编辑"身份共同体·70后作家大系"之后，应出版社之约，不得不继续勉力集合"情感共同体·80后作家大系"，深感使命难违，与有荣焉。但实在说，又恐因为年龄阻隔、代沟之障，对他们的理解和阐释其力难逮，说出外行话来，令方家和晚辈嗤笑。所以，多不如少，与其在这里喋喋不休，不如让读者自去判断。

　　致敬山东文艺出版社的朋友们，他们高瞻远瞩的文学眼光和情怀令我们感佩不已；也致意80后的青年才俊，他们的积极响应也令我们倍感欣慰。让我们一起努力，继续为中国当代文学的发展添砖加瓦。

　　是为序。

目　　录

献　诗

理 智

抒　情

2020，新时期

回

忆

给亲人的诗

如果我认识吉列尔莫·德·托雷、罗尔斯
大诗人的曾外祖父伊西罗多·苏亚雷斯
如果我得知族谱上熟悉的宗亲中
有在地方战争中负过伤的男人
我也会写几首标注名字的诗，送给他们
愿他们死后平静中有后辈的敬意和谈资

我的母亲，一个死于忧郁的普通女性
我的祖父，一个在人民公社中写过介绍信和接收函的男人
他们是严荼玲、陈春林
回家时我用刻有严定洋的大碗吃饭
坐在写着陈普河名字的凳子上
有时我还会翻出写有我名字的练习册
想起几个寂静上午推门进来的人

那是我的姑姑严曼香
或是我健壮的叔公严必华
有时我会忘记另一个叔公的名字
他是一位厨师，一个能言善道的人
和我爷爷一样，能说出涧口村一百年的历史
村庄里出生的大多数人的故事
冬天枇杷树长出白色花苞

春天几家人合用一头水牛、一把木犁

很多事说忘就忘了
如果我坐在一把合适的椅子上
就像现在，在水穿石咖啡馆
阅读阿根廷诗人博尔赫斯的早年作品
我多年在外，也会想起这些
这些人与事，连同我的记忆、我的新茶杯
都是浏阳河朝东的呼吸，几代人的生活

河底磨光的瓷器有时被冲到岸上
碎玻璃、来自上游的鹅卵石……所有的邻居
随便你问起什么
总有声音会做出回答
田间小路有时会改道
小河桥边的野花野草从不改动它们的名字

2018—3—9

施爱华

施爱华，我的奶奶
从施家冲茶山里走出来的女人在河边耙柴
柳树、樟树、苦栎子树①
她耙出全部的生活与火
浏阳河的树一年四季帮助她
陪她度过天晴的日子
燃烧它们，也烧一个旧时代女人的命运

我的奶奶永不成熟
没有出生年月和战争回忆
二十多年②以来，她从不对我说话，没有口音
我想，如果不是因为对母亲的思念
不是我和她高大而健谈的弟弟（我的老舅）喝酒
这个女人真的到过浏阳河吗

白皮肤的爷爷
请重新在梦中告诉我吧
你们如何相识
我的奶奶是否坐过红轿子
你的四个姐姐在镇头市为她挑选过什么礼物

---

① 苦栎子树：浏阳常见的一种树，叶如小舟，结串形有核果，不能食。
② 施爱华于1991年去世，终年五十八岁。

我为你们收拾好家中最宽敞的房间

为你们烧一堆火 (用熟悉的木柴)

挑个日子吧

一起来说说这个外乡女人五十八年来

被埋没的故事

2018－6－11

我爷爷的故事

他是个神奇的人
生活在涧口村
喜欢喝酒和捕鱼
没有什么怪脾气
像个不存在的人

他一年四季都捕鱼
穿着雨靴在水里走
喜欢捕草鱼、青鱼和无骨鱼
当他抓到几只灰壳甲鱼
我们全家在一起吃晚饭

喝白酒，打扑克
他的三个儿子一个比一个会说话
大叔叔靠说话建了新房子
小叔叔靠说话娶了老婆
我爸爸最厉害

他靠说话身体健康
在海南有两百多个好朋友
有一年坐车去河北
他不停说话

遇到车祸死里逃生

我奶奶去世
我爷爷没有新娶
他继续捕鱼
渔网那么结实
鱼儿闻到香气，都钻进来

就像一起去好朋友家做客。
那么多的鱼成为我们的食物
我婶婶用杉树烤鱼
我妈妈用甘草煮鱼
我爷爷坐在竹躺椅上抽水烟

有人见他人好，身体也好
想将一位姓李的阿姨介绍给他
老来做伴。她有一栋自己的房子
客厅刷成深绿色
我爷爷没有同意

指着自己的老房子，他说
你们看，这房子多结实
橘色的墙多温暖
我有三个儿子
我有七个孙子

我什么也不缺。听好了啊
你们有空就来我家打牌
你们去对岸就坐我的船
见我醉了要把我扶到床上
我会感激你们

他把钱藏在墙角、柜子后面、枕头底下
讲故事用罐子、皮鼓、火钳
他把一块金子分成三枚戒指、七个吊坠
大年夜，他坐在火炉前
和我们烤火到家家都燃起焰火

2019—2—2

冬日回忆

一亩田，两亩田，三亩田
严定洋在自己田里弓着背
一瓢瓢给自己种的黄瓜藤
浇大粪和猪尿
夏日的风从河岸吹过来
太阳晒着他的背
他将大粪和尿浇在新鲜的蔬菜苗上

黄瓜啊下周就要长出来了
甜瓜长在黄瓜下面
旁边是一块过去的稻田
那是他父亲手上就分到的
祖先重写姓名的土地

秋后就要闲下来了
也是在冬日，1958年
那里还架起过一座高炉
熬着全组人家里多余的
铁器

而如今已是2020年
严定洋已经长眠在百米之外的

坟地里

离他的菜地和稻田也不算太远

旁边是他的妻子施爱华

2020-1-19

妈妈

在两张中学毕业证上
我也曾见过妈妈少女时的样子
想象她结束我们都结束过的中学时代
在两张相隔两年的一寸黑白照片上
我也曾见到过妈妈扎两条黑辫子
年轻的脸，想象中的70年代
但我没有见过我的妈妈好好照镜子
印象中我没有见过她穿裙子
我的妈妈没有花裙子。在我从朋友书中
读到他同样勤劳的妈妈给自己买石英表
我想起我的妈妈也曾经历二十几岁的年纪
她也有一面镜子，也曾用钩针在工厂
钩出过别人的白手套……但我突然意识到
在我的印象中，我的妈妈没有年轻过
她总是梳着辛劳的辫子，总是浮肿着眼睛
就像她成年后总操心家务，总是为钱发愁
我找回了旧照片，找不回她年轻时的脸
我的妈妈在我眼中没有年轻过
她去世的时候也还没有老

建房子

一百年来，在浏阳河沿岸
修房子是所有成年男人的心愿
一场战役能塑造一位英雄
一场洪水能带走一口池塘里的鱼
但樟树和杉树不会在一个夏天长成
一栋房子要耗费一个男人的半生

我爷爷的爷爷曾指着腐朽的房梁说
这间房子会在明年洪水前倒塌
你堂客不会自己坐着轿子来到涧口
这些简单的道理就像
从黄土岗挑泥巴烧制红砖
从浏阳河里担卵石垒墙脚

我爷爷是个地道的农民
他种菜，种水稻，去河里捕鱼
我叔叔是全村最好的三个泥瓦匠之一
我弟弟学过汽车修理
这些都不能阻止他们成为房屋修建工
在自己的土地上修自己的堂屋和卧室

一个男人应该能自己建造房子

在屋门前用茶叶和水果招待邻居

不让妻子一个人在潮湿的屋里叹息

家家都有猪圈和牛圈

将家禽放养在院子里

在古代，一个男人还将为自己建造马棚

现在他们都住在自己流过汗的房子里

我爷爷的房子已经旧了

我叔叔的房子长满青苔

我弟弟的房子从未浸泡河水

一百年过去了，这是故事流逝的周期

也是一个人从出生到化为尘土需要的时间

2019－2－4

土地神

记得活人有活人仪式
没有一个乡村不需要庙宇
全能的神就住在里面
掌管全村的土地、流水和风向
治疗熟人的啼哭、心悸、夜盲症

只要有人诚心祷告
他就会从帷帐后面走出来
不拒绝任何人，对灵魂负责
指认初生的婴儿父亲和母亲
他也将为死者安排好离开的路

每个人都可以成为家庭通灵者
在一尊神像面前获得有用的启示
我的祖母将祈愿文传给母亲
我的母亲成为新年第一个早起的人
一年四季的风吹过村社

你看那最小的神在房屋和田间游走
他总是无所事事又无所不能

2019-2-18

蔬菜地

黄瓜藤伸出小手，它们长出来了
弟弟们喊我来菜地看
是的，新的黄瓜苗长出来了
两垅黄瓜苗正顺着瓜棚往上长
辣椒和西红柿正在结果
太阳和新鲜的空气正伺候着它们
我们的菜地像花园五彩缤纷
蔬菜的叶子上有露珠、大粪和农药
脚底下埋过复合肥、人和牲畜的尿
而我们将尝到黄瓜、辣椒、西红柿
它们都有自己的味道

2019-2-21

张打铁

张打铁，李打铁，打个荷包送姐姐。
————浏阳民谣

那时张铁匠和他的两个儿子就在这里
在这里吃饭、睡觉，每天早上从屋里拆下门板
太阳出来了，生铁的味道又漫到马路上
他从屋子里叫醒两个儿子
还没有成家的小伙子们有的是力气
他们开始生炉子

张铁匠将打好的铁器一一摆在门口
锄头三到五斤重，镰刀摆成一排
菜刀的刀口在晨光中露出一丝银灰色
等到火炉中的木炭开始燃烧
他的小儿子就在风箱边开始劳作
他的大儿子有时会带着铁器送货上门

他为老主顾的铁器打制各自的姓氏
姓赵的，姓陈的，姓张的，姓欧阳的
我爷爷的锄头和柴刀上都有一个严字
张铁匠挥动铁锤，他改造过自己的兵器
想起当年长沙大火

他跟他父亲一起抢救出来一担行头

后来他们使用的就是那些父亲和祖父留下的
炉子、风匣子和大锤。又回到自己的老屋
左边一家是包子铺，侧门是家棺材店
在镇头街上所有的顾客都是熟悉的人
铁器的磨损不快也不慢
他们没有减损过一口锅的寿命

直到后来屋顶长出茅草和青苔
他们的大门板也慢慢腐朽
在高压锅流行起来的千禧年末
张铁匠家最后一批铁器打完了
尽管有传言说在有皇帝的年代
铁匠的地位仅次于将军

因为他们手上的兵器都是铁匠制造的
张铁匠家的门还是关上了
人们后来在街上见到的是
馒头铺还在卖着包子和馒头
棺材铺为死去的人提供棺材和寿衣
但张铁匠家的门板再也没有打开过

他家的房顶上茅草越来越高了
儿子们都到别的地方做生意去了
只有夏天的风依然吹过整条街

家家门前的杜阴树都在沙沙响

2019—2—22

一丛枸杞

一本书引起的回忆
让我想起那丛枸杞
它年年开花，年年结果
我们这些赤脚长大的孩子
从它旁边跑过
去摸河里的螃蟹
躺在成片的鹅卵石上晒太阳
在鱼群迷恋的码头把水鬼的歌声忘掉

我们跳进河里

一丛浏阳河的红枸杞自由脱落
几页女妖的故事随着大雨
重新融化到河流里
这些事情大人们无从知晓

2018-6-13

涧口村树神

那时我常常想起这株大树
从我见到它起它就没有名字
看上去不像樟树、柳树、杉树、苦楝子树
它的旁边是棕树、杂草和灌木
南边一条小溪

在我小的时候，溪水长年流淌
人们秋天截断水流，从中捕捞
鲫鱼、鲤鱼、泥鳅、脚鱼和黄鸭叫
夏天、春天涨水，浏阳河漫到溪口
淹没了它，拓宽了它
将水淹到老树的根前
像不远的亲戚常来串门
叫醒了沿岸的生物
三十多年来它没有成长
没有拓宽，也不衰老
没有房子需要它支撑
没有风凭借它改道
像幽灵不动它招摇

老人们对小孩说那树中
有洞，有鬼，有神

我们的老树长在那里
有几年我以为它死掉了
因为绿化树淹没了农田，淹没了它
那时我站在门前再也看不到它稀疏的树冠
看不到村庄的雾气缠绕它

门前的人造树快速成长
到处是栾树、八月桂、红叶石兰……我不喜欢
我不喜欢门前的新树，塑形的樟树和罗汉松
农民们缺乏对树的情感

唉！乡村的内部
灿烂而宁静
麻木又自然

2020－4－13

两株杉树

我家门前曾有两株杉①树
并排长在一条两尺宽泥土发白的小路旁
那条来自古代的路穿过严氏家族的聚居地
也通向浏阳河岸。我曾在另外两首诗里写到它们
两株杉树，象征着母亲的青年时代和

我们快活的童年。两株干燥的杉树
它们的根部没有穿过泥炭层
因为含金砂的浏阳河水也在地底流淌
正直的杉树在我家门前生长
涧口村的地下没有生活过异教徒

时间之河如浏阳河水不断转弯
如果我们②没有乘船离开过镇头
将会见到两株杉树在十年前如何倒下
那时我的爷爷已经去世
他留下的木锯、砍刀放在新房二楼

也是我母亲吞食断肠草的地方
两株杉树作为房梁正高高架在屋顶上

2019-2-7

———————————

① 杉：读作shā。
② 我们：指诗人和他的弟弟。

2018年的金台西路

金台西路的春天来了

杨树发芽，柳树发芽

地下河的水变清

和过去没有什么不同

洒水车以相同的频率进行春季作业

减少晚上喷洒农药的次数

变化的是人们身上的衣服、太阳升起的时间

……冬天修墙工人换作春天挖地与铺路工人

如果今天你从金台西路经过

穿过金台西路、朝阳北路

从团结湖东路由南往北走

会看见相似的面孔

他们清早在街边吃饭，傍晚在街边吃饭

七点钟开始工作，分成工作小组的他们将路面成片慢慢

   挖开

在去年的沙土上面铺上一小层新沙土

他们搬走去年的地砖

铺上今年的地砖

他们什么也不关心——用橡皮锤轻轻敲

半个月一段，开始又结束

就像建造中国长城

他们将这件事情做到夏天

在夏天最热的时候收工回到老家
他们将自己修过的路遗弃在金台西路和
团结湖东路
回到自己的家里，收麦子，种油菜，戏弄小孩子

金台西路的春天来了
很久都没有雾霾
现在正阴着天

2018-4-22

我有一个朋友

我有一个朋友

好几年没有见了

她常常给我发一些消息

一段关于文学的话

——罗兰为什么疯狂

她最近写的诗歌

那本前年就写好的小说出版进展

两年前，她还和我探讨一部话剧

作品由她写成，演员都是她的朋友

也不一定都是朋友，她没有那么多朋友

在那部我没有见过的话剧中

她说我可以扮演一只花瓶

我不是擅长说话的人

我不是获得自由的人

我总是冷落她

有时候她说十句话

我也没有回复两句

看上去就像一个人深爱另一个人，去追求他

而他对她没有相似的感情

倒过来也差不多

但她没有放弃我这个可以说话的朋友

她主动将我当作树洞、告解室
也许我可以像神父那样对她伸出温暖的手
对她说：好朋友，不要怕，回去吧

但我什么也没有做
作为她的一个朋友
我写诗祝福过她
我并不是一个德行完美的人
在她那间粉色的客厅
我曾希望同她接吻
我的性器也像别人那样坚硬过
——是的　我的朋友
我完全可以对你忏悔
在你无聊的时候
可以给我留言、写信
也许我什么也没有说
请你不要忘记做饭吃饭

一个孤独的朋友能做的就是这些
我的朋友已经两年没有做爱
这是她对我说过的
她的阴道被自己的诗歌洗刷过
森林般的阴道也吸引过骑士和拾荒人
现在她还在那里
一个热情的朋友去世了
我又想起这位孤独的朋友

想起上周她给我发来的消息
——《感官世界》要出版了
我不觉得这是最重要的
但我祝福了她

现在我又想起了她
——她并不漂亮
就像一首诗里写的那样
我愿你成为阿赫玛托娃
而不是茨维塔耶娃

2019-1-17

我有一个女朋友

我有一个女朋友

高高的个儿

就住在我楼下

只要出门都能看见

由她的妈妈领着

我的女朋友在楼下散步

长长的身影远远就能看见

到了下雨天

我们打伞在楼下相遇

看着她去超市买东西

她白净的脸在雨中那么好看

仿佛雨水流过

但没有留下痕迹

只要我希望

就能在楼下什么地方看见她

而她也什么都不干

像木偶待在她的房间

只有见我时才拥有心灵

从来也不对我说什么

这么多年我们心心相印

从未有过半点矛盾

因为没有手拉过手

人们误以为我没有女朋友

人们以为我和她不认识

真可笑

我们心连着心

经常在楼下相遇

她那么好看

高高的个子

白净的脸

在路上离我很近。

如果她不是我的女朋友

那又会是谁

真好笑

你们竟说

这个人一生从未恋爱

现在我已没有时间反驳了

2019－10－23

生活

我曾在马桶中捡出一个家庭的全部生活
在一口香烟中闻到过童年甘蔗林的味道

2019-10-11

恋情

我的美丽的女朋友，不高不矮
玉兰脸，苹果的胸
她有梨子的臀，野草莓花园
携带七种水果在人群中走
喜欢她的人数不清
她的小手就在我手上绵绵软

一周来都随着我到处走
从朝阳北路到东三环中路
经过长虹桥我们进入三里屯南路
在那里试衣服、拍照片
晚上吃工体的三样菜
十点钟迎来白色汽车
那是她高贵的女朋友
我们坐车而去

经过人多的三里屯中路
新流行音乐融化在洒水车底
我们经过三里屯北街
在一个新认识的朋友家留宿
那一夜，我和我的女朋友
她的女朋友，还有我们新认识的恋人朋友

五个人在客厅聊天，吃坚果
喝着松子酒、朗姆酒、秋槐酒
伏特加兑橘子汁

紫色墙面映照青年时光
我的女朋友又香又甜
深夜睡在朋友的客房
我们在那张双人床上做爱
亲吻她跳动的白乳房
高贵的女友在客厅沉睡
房子的主人在隔壁房间

2019－10－11

古代想象

读一本书或看一幅画的时候

我常幻想古代人物生活的场景

在最近的一个梦中

我见过浏阳河北面巨大的开阔地

没有房子，没有树，没有人聚居的痕迹

烈日下的车痕经历雨打风吹

依然留有马匹的气息

这些事情都发生在古代

19世纪的简·奥斯丁想象曼斯菲尔德庄园

20世纪的顾准想象古希腊圆形神庙

有一天我曾向永不逝去的朋友提起

请她方便时带我去最美丽的中央公园

我的童年伙伴，我的妻子情人，我的父亲

他们也许都生活在古代，和我从不相识

三百年前浏阳河北岸没有一个人

一千年前浏阳河南岸是片长满水杉与樟树

的森林。在一本书中我们能想象过去

过去像一只蜗牛在夏天树木的光圈下爬过又消失

2018-6-13

往昔与回忆

往昔乃是湖泊[①]
其中一半是记忆
一半是不愿上岸的人

人人都是湖泊的宾客
有人成为湖泊的女儿
有人做了它的逆子

人人都从湖泊中来
最终也归于湖泊
融入过去的深渊

那里的人不用语言交谈
他们是目录表和盛筵清单
一切都已经确定

他们是沉默的被动者和神祇
当我缓缓走入其中
我希求什么呢

---

① 此句出自阿多尼斯《纪念昼与夜》（薛庆国译）。

我看到有人一去不回
有人半路折返
而我啊，也是湖泊的常客

亲眼见过事物发生的过程
过于柔软的在水中会融化
那坚硬的成为湖底的山

成了回忆不变的灯塔

2020-4-15

回忆的花园

一个人记忆力有限
每个人都有自己的回忆
面对同一个人、同一个事物
几个人共同经历的事
各人的记忆各有不同

马塞尔·普鲁斯特关于贡布雷的记忆
依赖被茶水泡过的小玛德琳蛋糕唤醒
除此之外，他还有一些在床上睡觉的记忆
和他的妈妈在一起

有的记忆被追随和复制
在大作家普鲁斯特之后，贡布雷的当地人
复制小玛德琳蛋糕的制作和食用方式
在通往贡布雷的路上为来到那里
追寻普鲁斯特失去时光的游客和文学爱好者
文艺史家们提供关于普鲁斯特的想象

在我关于家乡浏阳镇头并不丰富的记忆中
什么能成为我的那块小玛德琳蛋糕呢
也许没有，也许是门前的四棵石榴树
或两棵杉树，又或者是我爷爷和我父亲的

两口池塘。我无法确认的也许就是不存在的

这大概就是人人都有记忆

泡在茶水中的小玛德琳一百年后依然可以被人们品尝

而普鲁斯特的贡布雷才是永恒的文学记忆

的原因。当我写下四棵石榴树

也许它们只是四棵我自己见过

我父亲亲手种下的石榴树

三十年过去了，那四棵种在我家门前小花园里的

石榴树早已消失，连同我家的花园

一个涧口村的普通农民家

也可以有花园并能享有花园的乐趣吗

一起，也都消失了

2019-4-7

献

诗

死亡如此美丽

杜菲七十五岁
3月23日死于心脏病
同日下葬在西米兹墓地

库尔贝五十八岁
12月31日死于水肿
第二天就是1878年
直到1919年
他的遗体才被允许送回故乡
在法国的奥尔南安葬

米罗九十岁
12月25日在马约卡岛病逝
同年在巴塞罗那举办了米罗九十岁纪念展
他亲眼见过自己的展览

马蒂斯11月3日病逝于法国尼斯
时年八十五岁。生前最后一件作品为
洛克菲勒母亲纪念
他设计了联邦教堂的彩绘玻璃

提香死时八十八岁。

8月27日殁于瘟疫

安葬于法拉里教堂

未完成作品《彼耶达》

……

死亡如此美丽

日内瓦山上夕阳一片迷人的暗色

那是人类的一天落入水底

多少人在同日下葬

人人都会有灿烂的最后一年

我随手翻开一叠黑色丛书

将他们的最后时光照录在此

这是几位传世的画家

在科学的工作中，他们多数获得高寿

当然我也知道那些英年早逝的人

维特根斯坦的兄弟们先后自杀

一位农妇死于马车事故

列文笔下的人，随随便便就在感冒中死去

一个小孩子埋在回家的路边

离地面只有一英尺

2018-2-13

黛依丝^①的宾客们

美是事物的影子
万物都是美的
阿多尼斯^②的花园里醉倒的
哲学家、天主教徒、无神论者
将酒流到海伦们的胸脯上

他们心灵的一半熄灭了
他们舐食那些酒
欲望的闪电转瞬即逝
明天遗忘掉昨天
尼西亚斯^③盛宴也有它的影子

2018-2-14

---

① 黛依丝：相传为4世纪亚历山大的一位妓女，法朗士《黛依丝》中的女主人公。
② 阿多尼斯：一位传说中的美少年。
③ 尼西亚斯：一位哲学家，家境殷实，曾包养黛依丝。

巴弗奴斯①挽歌
　　——重新献给被遗忘的法朗士，这首诗源于一个
他讲过的故事

一

在遥远的尼罗河沿岸

盛大文明的降临和衰竭之地

雄壮的亚历山大城建立

面具的黄金被掩埋、被熔解

权力的白银重新刷满墙壁

在王族、富商和新祭司的室内陈列

六百年间，尼罗河多少荣枯

多少肥沃的泥地中故人掩埋

家族更替，老妇新死

纯种的孩子长在摇篮里

卑微的人在河岸分娩

尼罗河在红色、黄色和黑色的地上流淌

摩西的后人在迦南地生根发芽

他的后人中有平民、圣徒、乐师和娼妓

---

① 巴弗奴斯：一位神父，多明戈歌剧《泰伊思》及法国作家法朗士小说《黛侬丝》
　中的人物，一位生活在约公元3—4世纪的埃及沙漠中的隐修士，从前亚历山大城
　中的花花公子。

二

六百年间，那些着苦衣的人不断出生
他们四处寻觅，汗水和血
流在苦楝枝干粗糙的皮上
他们数落和背负自己的罪恶
他们对前世的记忆最深
沿路回忆过去的生活，父母和邻居的言行

那过去的罪是什么
——黎明之前的疯狂，黑夜中的甜蜜
对饥饿的忍受不够
没有柳条抽自己的背
没有梦到神圣的莲花和葡萄树
在一朵金色的野菊面前停留太久

——但溃疡和创伤是肉体的装饰
沙漠中处处开满花朵

三

而尼罗河的水最终接纳了他们
遥远的沙漠降下磨难又赠予甘泉
在树枝的窝棚和地底的巢穴中
他们找回了自己，找到了共同的父亲
长夜如此冷清，豺狼在外流离
他们长守住自己

称呼相邻的人为兄弟和姐妹

面对太阳呼唤共同的父亲，仁慈的神

那些舍弃的并没有离去

农民开垦出菜地，牧人放养羊群

但他们限制自己的食欲，甚至限制呼吸

只在傍晚时闻羊群的奶，进食菜羹

他们仍保住了自己的身体

就像保有了罪，为了侍奉和修行

四

亚历山大的巴弗奴斯就住在这里

成为昂地诺埃最有信念的人

和他的二十四个门徒在一起

如果你去过他的棚屋

如果你听到过他深夜的忏悔

你也会愿意跟随他，如同跟随天上的神

而他曾享受过多少奢华

接受过多少世俗的流言、甜蜜的诱惑

在父亲那闪光的财富面前

最优秀的诗人也向他高颂赞美

那时他多么无所顾忌

几乎忘掉曾因囊中羞涩在一个女人门前徘徊

直到真理的剑穿过他的身心

成为一个全心接受了各各他信仰的人

五
就那样成为虔诚的巴弗奴斯
肉体的快乐在他身上慢慢消退了
日复一日重复着苦行
日复一日回忆从前的生活
那羞愧和比羞愧更深的痛苦延续着巴弗奴斯
使他成为一个全新的人

拥有过的，不是甜蜜，是蛇的红芯
野路边被玷污的菜汤
当他记起自己的情人，那些在晚宴和
白日的颂歌中见过的朋友
他给予怜悯，在告解中试图救赎
偶然他还会想起爱，那未经迈进的门

在某一刻
他甚至挑战了维纳斯

六
那就是她啊！不洁的黛依丝
那道他曾经为之停留的大门，那少年的羞涩
和人人都有的欲念——那门背后的女人
就是美丽的黛依丝，妖艳的黛依丝
男人们为她流连和狂欢

女人们对她恨之入骨

天资优越的黛依丝生活在人世的魔汤里
就像男人们生活在贫穷和富贵里
整日作乐的黛依丝有她的银色房间、粉色装饰
有钱的人轮流供养她——人尽可夫的黛依丝啊
竟然也是神的门徒，维纳斯的女祭司
享有世间独特的美

谁能改变失心的黛依丝
谁能拯救堕落的黛依丝

七
而作为神，维纳斯又岂会犯错
又怎会蒙上自己的眼睛
任凭她那最得意的使徒在人间祸患
去争那天上的光环（与堕落）
也许是人们信奉了她
去追随她的七色裙摆

或是美丽的黛依丝增添了自己的美
以睡梦和无所顾忌的白天挥霍她的美
偷食更多祭坛上的苹果
将门前的葡萄树全部砍伐
或是她将荣耀之书焚毁
忘掉了爱的箴言

——爱是赠予，更是纯洁自己的身心

不和那不爱的人同床共枕

八

当棚屋中的巴弗奴斯为往事忏悔

在往来的人群中看到起舞的黛依丝

——她已经成为亚历山大的妓女

甚至成为他昔日朋友的情人

虽然拒绝了来自亚历山大的全部来信

将自己的栖身之地掩藏

他仍然不能不想起黛依丝

十五岁时他也曾那样迷恋她

在自我的悔过中他又听到神的训诫

如今他远离苦海，身着苦衣

对一切无所求，唯独洗刷自己

全心全意信奉自己的神

——仁慈的人尚且拯救一头狮子

她愈是有罪，我愈是应该可怜她、搭救她

九

善良的巴弗奴斯陷入困境

他已是昂地诺埃修道院院长

人们都称颂他的修行和美德

在尼罗河的那片沙漠，人们说

他是离神最近的人，是骷髅地的光环
当他想起要去拯救少年时的梦

那被黛依丝烟熏的唇、甜蜜的乳房
梦中的罪恶和梦中女郎燃烧
以仁慈之名拯救堕落
以爱之名拯救荒淫
他为此痛苦，首先说服了自己
又去找他智慧的巴莱孟兄弟

——鱼放在干地上会死去
修道士离开他们的小屋，就会背离善良的决心

十
但善良的巴弗奴斯依然说服了自己
将经书和修道院一一托付
什么也不带，只身前往那熟悉的城
黛依丝和巴弗奴斯的亚历山大
哦，他那颗仁慈的心啊
就像少年去寻找他的梦中情人

在风沙和荒漠中行走
穿过血水流过浑黄的利比亚河
因为神的庇佑，他在野兽的墓地中走
为了纯洁的德行，他绕过富足的村舍
拒绝同路人的布施、飞鸟的音讯

他穿着草鞋在炽热的岩石上走

这一切都是为了黛依丝
——神的新妇啊，请跟我走

十一

在沿路的传言中他得到黛依丝的消息
那些落魄的男子因为穷酸诋毁她
——那只斯芬克斯的蝙蝠，无家可归的妓女
坐在车里头戴金项圈的男人轻浮她
——我们的朋友都要享受黛依丝的欢愉
巴弗奴斯加紧赶路，为了提前抵达亚历山大

黑夜中他跪地长叹
哀愁像苍耳沾满他的脸和黑衣
可怜的黛依丝，是什么让你如此
你也曾是亚历山大母亲的好女孩
你也曾饮深井中甘甜的水
请你听我说吧

——你为何迷恋歌舞和情欲
为何不珍惜你的美，哪怕做个普通人

十二

现在，没有谁能阻止巴弗奴斯寻找黛依丝
就像男人寻找他的女人，骑士寻找走失的妻子

这对他来说也是有益的修行
巴弗奴斯在埃及的土地上绕道而走
来到那要被遗忘却又如此熟悉的亚历山大
他的出生之地——领受罪恶之地

在黛依丝从前的门前停留片刻
回忆那位迷途中的少年，回忆少年如何辞别父亲
他提醒了自己，不是以爱欲，而以正义之心
敲响黛依丝那所宅子彻夜尖叫的大门
——忙碌的黛依丝不在家
她的仆人在门内回答

当他在群星下祈祷，神给了他启示
去你的故人那里，找回那个穿红衣的人

十三
丧失自我的人才会赤身裸体在地上跑
漫无目的，在人堆中大声说话
他们如此可怜，不明白生活的方向
没有寄托，不知道信仰为何物
有时他们吃地上的甘草，嚼树上的叶子
离开自己熟悉的小屋，必将摔倒在路上

而美丽的黛依丝何止如此
她在别人的宫殿中舞蹈，坐在客人的大腿上
与心灵对比，她将自己廉价卖掉

为了追求所谓的情爱，她尽纳朝她走来的
男人……亚历山大的黛依丝如此可怜
她褐色水晶的眼中蒙上一层一层污浊

——堕落的人千千万万，仁慈的巴弗奴斯
你为什么选择拯救黛依丝

十四
——我奉天主之名
愈是罪孽深重之人愈是可怜
我愈要拯救，我所收获的也更大
这是巴弗奴斯对自己说的话
他在故人门前等候多时，傍晚时见到老朋友
闲谈中听到一个女子荡漾又寂寥的歌声

那就是他的黛依丝
她在侍女的簇拥中来到正厅
仿佛已是这位故人家中的女主人，披着数层长裙
如巨大的红石榴，如移动的小型火山
她的眼神轻佻，言辞傲慢
在一把镶嵌蓝宝石的巨椅上斜坐，面对故人巴弗奴斯

巴弗奴斯原谅了她
在银色大厅说出她的全部恶行

十五

——仁慈的主仍会接纳你

在苦行中赦免你的罪，赐你做神的仆人

黛依丝对自己过去的事并不懊悔

——我只是做着一个柔弱而孤独的小女人

我的幸运在于得到了维纳斯的眷顾

她赐予我爱和美，俗世的快乐——我错在哪里

巴弗奴斯强忍自己的悲伤

在曾经爱慕的女子面前，紧握昂地诺埃的手杖

——你为何顽固不化，看不见身边的魔鬼

你本是良善的女子，如今却流连于男人之间

抛却那虚妄的美和爱吧，随我去圣洁的各各他

尼罗河的水会养活并洗净你

这样的对话经历了几天几夜

黛依丝由傲慢变得疲倦，由任性变得伤感

十六

她在维纳斯的神像前痛哭流涕

日落前回到自己的房间

为了争夺这位美丽的女人黛依丝

黑夜以天使和魔鬼的幻象同时现身

在眩晕中她打碎自己的梳妆台，脂粉溅到墙上

黎明前以一封长信向往日辞别

去街头找到在露水中过夜的修士巴弗奴斯

——同样的阳光洒在他的脸上

黛依丝容颜依旧，巴弗奴斯已经衰老

早出的妇人顶着牛奶和蜜从他们身边经过

亚历山大六百年来的金色在方形屋顶上展开

在这样的早上，一位不洁之人即将消失

——带我去见你们的父亲

告诉他我要成为他的新妇，并请为我改名

十七

巴弗奴斯在梦中已经见到一切

他的神在远方的山上向他显灵

醒来时手上有一件黑色素衣

曾经朝思暮想的黛依丝就伏在自己跟前

她的眼中是泪水、悔恨和哀愁

仿佛从前的一切都消散，一切都消散

——现在就带我走，去你们尼罗河畔的小屋

就像回到摩西的出生地

——那里没有美酒和情爱，没有维纳斯神像

你是否做好了准备，黛依丝

——是的，神父，我已打碎美神的雕像

我已经背叛了美丽的维纳斯——而你那里有什么

——沙棘果、泥墙、带刺的柳条、赎罪的十字架

尼罗河水日日流淌

十八

什么是罪

——出生。哭泣。进食。出走

什么是路？

——迷途。魔鬼。幻想。大风

什么是人生？

——时间。走路。赎罪。死亡

什么是死亡？

——黑夜。忏悔。节制。爱

什么是爱？

——自我。痴狂。别离。永恒

什么是永恒？

——约旦河。迦南。光芒。平静

……

……

十九

巴弗奴斯回到尼罗河岸

继续他从前的修行

因为重新见到女人、爱欲，荒淫的亚历山大

在夜里听到过往日的回声

他将鞭子挥得更重

驱赶心中的秘密

直到黛依丝穿上真正的苦衣

直到她亲手建好自己的小屋

直到每晚听到告解和哭泣

直到她消瘦

直到她枯萎

直到死亡来临

神与神的谈话重新开始

尼罗河的水将黑衣人冲走千百次

2018-2-7

巴弗奴斯见安东尼

祝福我吧，我的父亲
那我就得救了

请摇晃海索草，我就会被洗得干干净净
我就会像白雪一样发光

2018—2—17

哈姆雷特挽歌

他们都会说
一千个人心中，有一千个我
而我的朋友霍拉旭①曾密告
那个深夜穿甲胄来过三次的鬼魂
是我死去的父亲

正是这个赢得挪威土地的男人
令少年提前结束游历生活
从此不能回到湿润的维腾贝格
请你们中的一个告诉我
谁将是那个挖出颅骨的人

谁掘着丹麦的坟墓
要将我们的笑话看尽
善良的人都蒙蔽双眼了吗
他们为什么同时参加葬礼和婚礼
是谁带来三位复仇女神

折断我们的杨柳枝
偷换我们的钝木剑

---

① 霍拉旭：莎士比亚戏剧《哈姆雷特》中丹麦王国的一名士兵，王子哈姆雷特的好
　友。他是一位智者。

埋葬爱人、母亲、哥哥和弟弟

顺道也葬了我

2018－3－20

奥菲莉亚之歌

纯洁的奥菲莉亚①

在一个多风的黄昏

是谁给你易碎的明镜

引你走到小溪之侧

……

从此流水静止

水草漫过堤岸

古老的歌谣日夜不息

复仇的爱人和哥哥都追随你

多少处女走你的路

将自己葬在深绿的水上

她们希望生而与你为伴

做你的姐姐和妹妹

死后成为你

将七种花撒在水上

……

那就多几棵忠贞的紫罗兰吧

不要雏菊和绣线菊

---

① 奥菲莉亚：莎士比亚戏剧《哈姆雷特》中的一位美人，波洛涅斯的女儿。她是爱
　　与美的象征，与王子哈姆雷特坠入爱河。

也不要缠人的长颈兰

2018-3-18

霍拉旭之歌

在我温雅的文学老师那里
和军士马西勒斯一同出场
忠诚的朋友霍拉旭是这样被介绍的

他沉默寡言，缺乏戏份
虽然见证了所有人的死
作为丹麦王子的遗嘱委托者
却是个无足轻重的人
他的口头语是：是的，殿下
正和你说的一样
有这么一个人
我可以告诉你

手捧颅骨的他每晚回到自己的家
那里是图书馆、太平间、炼丹房
巨人国中最小的房子
作为传话人活过全部悲剧
像一节横穿国土的火车头
带来新消息，带走旧时人
他是小说家笔下随时现身的智者
那个自愿失去影子的人

2018-3-21

回忆马雅可夫斯基

马雅可夫斯基平静地撕掉最后一页台历
他不再需要时间了

就像他说的那样
——不送了，小姑娘，你自己走吧

他将红色大厅打开又关闭：一声枪响
薇罗奇卡①从此只剩回忆

2018-5-1

---

① 薇罗奇卡：马雅可夫斯基最后一位恋人。

奥尔良公爵悼辞[①] 启示录

是的，先生们

倘若我们的灵魂足够纯洁

足以克制尘世的情感、人间的不义

在凝望中上升自己的快乐

就会没有痛苦和眼泪地完成葬礼聚会

我们也将在神圣的哀痛中获得喜悦

对自己说

那个人奉上天之命所做的一切将得到应有的回报

我们哭泣一个君王的死

相信他将化成泥土

和一个死去的平民没有什么两样

2018-5-9

---

① 原文来自卢梭《法兰西王室第一亲王奥尔良公爵的悼辞》。

辛波斯卡

2012年2月
诗人辛波斯卡在睡梦中去世
她收集的打火机点燃了房子
人们在火焰中收集这个女人的诗和故事

几个月后
辛波斯卡最后一本诗集出版了
她一生的故事被朋友们印在一张八开纸上
有时甚至比她的诗歌还好看

1930年，她在乔特科小学入学
1982年，她住进一栋没有电梯的房子
1960年，她回复了一些年轻人的信
1997年，她的姐姐去世了

辛波斯卡一生"足矣"
在波兰，她有自己的小房子

2018-6-21

忽必烈的传说

在大汗的生日宴上，一万两千名男爵和武官穿着大汗赐
　予的长袍前来祝寿，带来他们的礼物和谦卑

现在请允许我转述马可·波罗对一件长袍的描述

这些长袍与大汗的金袍颜色相同　都是用金线银线织
　成，就像他们经常佩戴的宝石和珍珠一样珍贵，大约
　值一万金币——这可不是小数目

而大汗每年要赐给一万两千名男爵和武官十三次长袍，
　这样一来他们就会显得华贵

在新城大都，大汗常常和五万两千名宾客一同就餐

除此之外，还有叫作巴克斯的巫师，他们使用巫术将食
　物和礼物腾空挪到大汗眼前

……这些还不是勇敢的冒险家马可·波罗在东方见到的
　全部

2018-7-15

大汗的信使

朋友，可爱的读者们，现在让我来告诉你
向你转述勇敢的探险家马可·波罗阁下
于耶稣降生后1307年前后的东方见闻

大汗的信使遍布他广大的帝国
从东方的海洋直到西域遥远的沙漠
沙漠之外星罗棋布的王国和公国
——它们都由他的宗亲和祖父天可汗神圣的子孙攻占并
　　受封

基于可汗的威仪和功绩
他的公园中一座山上有整块欧亚大陆最珍奇的树木
它们用四匹大象从边疆运到大都
大汗的四个皇后和全部妃子享用
最美味的水果，最鲜艳的胭脂
每天从四个城门快马运来的奇珍异宝啊
可比唐贵妃还要多

大汗的旨意需要尽快送达他广阔的国土
圣旨被写在桑树皮和羊皮做成的纸上
由他精选的三万名信使一年四季送往他途
请让我对这些信使稍作描述

他们是全国赛跑比赛的历届冠军以及冠军们的徒弟
是大汗万里草原上跑步最快的人
他们曾与大汗的猎豹赛跑
以此获得送信的殊荣
他们系着长长的真丝腰带，身上挂着铃铛
三里之外就能听到他们跑步的声音

三里之外就有新的驿站
大汗的驿站遍布全国和所有纳奉之地
他的信使每隔三里就在驿站更换新人

可以想象，当大汗在某日的早晨说起想要更换某个王国
　的大臣
他的旨意第二天傍晚就传到了最遥远的地方

2018-7-15

语言与沉默
——读乔治·斯坦纳的著作①

马洛和莎士比亚的微光没有被遮蔽

因为那时候书籍印刷的奇迹还很新鲜②

宁可沉默，成为喑哑的盲人

这是十六七世纪人对生活和语言的看法

作为过去的美德

他们狂喜地从泥路上捡起一页书

族谱用最珍贵的羊皮纸写就

巨大的封面镶嵌蓝宝石

相反，我们手上的语言已经破败

由于经常使用，书写复杂的词被抛弃

为了通过媒介迎合更多的人

作家只用五百个单词写作

而诗人的门槛被炸掉

他们成为宴会上的歌手

夜莺换成蓝脸鹦鹉

它们看上去漂亮

学人类的语言

站在富家子的肩上

---

① 即《语言与沉默》。
② 语出《语言与沉默》。

一个人闲下来不妨回忆：半个世纪以来

哪位死去的普通人拥有过真正的墓志铭

我也不能用语言将这个过程好好描述

2019—1—2

悼亡

——给"陶子死了①"

一位贞洁的荡妇在前晚死去了

在她活着的时候知道她名字的人

都从她那里得到过欢愉

男人和女人都迷恋她，我也不例外

熟悉她的人都偷窥过她的生活

她的照片，她的日记，她录下的笑声

她流下的泪看上去也是甜蜜的颤抖的高潮的

她打开了所有的门，包括对死的召唤

她时时存在又从不在自己的房间里

她在沙发上自慰，在床上安慰别人

她拒绝成为一个人真正的朋友

这位最贞洁的荡妇在前晚死去了

现在连加害过她的人也在爱她

理性的人都活下来了

杀人犯也懂得争取缓刑

在她已经死去的消息中

人们拥有的痛苦都是相似的

——去哀悼她，流下了集体和个人的泪

---

① 陶子死了：陶春霞，诗人。1993 年出生于浙江。微博：陶子死了。陶春霞于 2019
　年 1 月去世，这是一首悼念她的诗。

为自己活着而羞愧
谨慎地表达怀念，也有人勉励自己
过去对她的幻想全都冻结了
现在她已成为一个最贞洁的人
已经不再需要口红的修饰
以后她可以去修饰别人了

一个人活着就穿着隐身衣。
一个人到底有没有真正的痛苦
这是连他自己也不清楚的事
一个人抑郁的程度看上去是清晰的
头痛是最基本的征兆之一，是最安全的
药物同样给予证明，和沉默相似
要从他人那里得到些什么是虚幻的
每个人看上去都能听到马桶漏水的声音
但一个人大声说话的时候意味着什么
一个死去的人真正厌恶过自己吗
一个人去死了看上去是最好的证明
一个人不再修改自己的纪念册了
不需要了，她死去了

这个人烧毁了自己深红的玫瑰花
希望和绝望都留给后来的人
坏消息昨天已经寄给她的妈妈
现在连我也收到了
2019－1－17

圣女和祷告

森林中伏倒的正是树木本身
闪电和山洪磨光它们的皮
纯真的少女骑马从林中走过
穿着十五位少女共同缝制的衣裙
驿馆老人用五种巫术向她显灵
它们分别令溪水干涸、巨石浮出
山鹰落到地上，血液停止流动
失去舌头的人说出十年来的秘密
荒蛮之地人们以诗句交谈
在黑白电影中一切都无声
那少女死时没有一句呼喊
——人们为他们知道和不知道的事担忧①

2019-2-27

---

① 这是英格玛·伯格曼电影中的一句话。

关于人类　礼赞爱神
——阿里斯托芬①的诗篇

在阿伽通家里和柏拉图等人讨论对爱神的礼赞时
库达特奈昂的喜剧作家阿里斯托芬止住了打喷嚏
他身后的哲学家和贵族们正要对此发笑
阿里斯托芬开始在众人面前发表他对爱神的看法

他先提醒众人
——人们对爱神的威力还是完全不了解

坐在下方的厄里什马克医生正要起来反驳
因为他刚刚从自己擅长的医学和占卜术等方面
展开了对爱神科学辩证的高论，人们拍手称赞
擅长书写戏剧惹人欢笑的喜剧作家
以一个手势制止了他

高傲的诸位啊，你们请听我好好说
爱神不是最古老的神，不是万物之初的神
这是你们的结论，我在此表示衷心认可
但爱情本来也不是男人追求女人
女人接受男人

① 阿里斯托芬：古希腊喜剧作家。本篇据柏拉图《会饮篇》谈话。

因为我们人类最初本不是如今这样双手双脚
只有一双眼睛朝着一个方向
祖先们不像你我这样瘦弱，他们是球形的
——先不要惊诧，我不是信口开河
请你们听我继续说

从前的人和现在不一样。不仅有男人、女人
还有一种阴阳人。是的，请不要发笑
不像你们想象的那样，他们不是阉党和娘娘腔
不比你们雄壮的男人和柔美的女人缺少什么
他们什么都有，既是男人，又是女人

从前的人都是球形的
他们向前和向后滚动
样子并不难看。因为行动迅速
拥有一颗巨大的心脏，一个充满更多智慧的脑袋
——想一想吧，我们的祖先曾经何等聪明

所向披靡的球形祖先在大地上滚动，自由行走
智慧的头脑帮助他们占有更多土地，对天上的神产生
　　怀疑
宙斯和众神的愤怒就这样产生了
像当年以雷电灭绝巨人那样
人类得到了巨大的惩罚

将他们劈作两半

令他们没有有力的四肢、四只眼睛、相向的嘴、发达的
　头脑
每个人都是从前均匀的一半
男人的一半还是男人，女人的一半还是女人
阴阳人则产生一男一女，彼此都是唯一的

而爱神令他们成为这样的人
这一半的人要想念另一半的自己，毕生都追求完满
即男人去追求那遗失掉一半的男人
女人去追求遗失一半的女人
阴阳人拥有令人羡慕的完美：一个男人结合一个女人

而这些都是爱情
既是来自惩罚，又都是爱神的馈赠
——把两个人合成一个，医好从前的伤痛
同性之爱至少得到了情欲的满足，他们获得纯粹的快乐
男女之间的结合则可以生下后代

我们人类就是这样繁衍下来的
人人出生之始就注定要去追求自己的另一半
这是最初注定的事
是神对我们做了分割
就像拉克代蒙人分割阿卡狄亚人①那样

---

① 这有两说：一说是指公元前385年的事。拉克代蒙人（即斯巴达人）侵略阿卡狄亚
（伯罗奔尼撒半岛东北地区），毁坏了那里的名城曼提尼亚，把居民迁徙到别的地
方去了。一说指公元前417年的事。斯巴达争霸权，解散了阿卡狄亚同盟。如从
前说，本篇应写在公元前385年之后；如从后说，它可能写得较早。

所以我们不要嘲笑那些做爱人①的年轻男子

也不要羡慕那些阴阳相合的人

不要停止寻找，遇到了就要互相爱慕

互相亲昵，因为这也是神赋予你们的

我要礼赞的爱神就是这样

他们人类追求完整的自我

并在结合中得到完满

2019－3－5

---

① 古希腊流行男性之爱，通常"爱人"指的是年轻男子，或被爱的一方。此处的
　"爱人"指的就是年轻男子。

牧师

有个穿黑衣的牧师
他是半路出家的人
有过一些朋友
后来还是联系着
当他走近神时
他曾返回过几次
最后他又回来了
如今正穿着黑衣
披着黑色斗篷

他用荆条打自己
口中说出魔鬼的献词
他默诵经书
为自己和永恒的少女祈祷
——这个击穿石板的人
他没有逃走
就住在人群中间
握着自己的手
他说：这就是你

那位圣洁的人
将自己玷污

他爱上一个女人

就将她藏在心里

穿黑衣的牧师

他是这样活着的

（致K）

2019-3-17

纯真

——给女儿

当我从厨房走出来

你正在长大，我的女儿

床上堆满铅笔和纸张

我的女儿

弹响你的《克罗地亚狂想曲》

编造一段新音乐——用钢琴和鼓

你很喜欢它，我的女儿

宇宙公主和小马宝莉已经画过几百次

昨天一起下三色跳棋

你的紫色玻璃球逗乐了我们

你要拖慢妈妈回到城堡的时间

我的可爱女儿

必须为你写第一首诗了

我就是你的第一个诗人

为了继续讨好你

我还没有变老

普鲁斯特关心自己的作品和晚年荣誉

他邀请别人写文章评论"斯万"和"少女"
"斯万"备受欢迎，已经是流行的书
"少女"销量一般，他就给加斯东^①不断写信

鲜花越多，他越高兴。老朋友睁大眼睛
这还是从前无比谦逊可爱的小马塞尔吗
是的。他在深夜里坐起身来作答

八百封赞扬信件，一束束"虞美人^②"
少年时的朋友阿尔丰斯·都德说
花瓣颜色鲜艳，但极易掉落

（给自己）
2019-5-22

---

① 加斯东：加斯东·伽利玛，普鲁斯特的出版人。
② 虞美人：阿尔丰斯·都德将那些给普鲁斯特的赞扬信件称为"虞美人"。

马塞尔打算去林中小住

这次离家外出使我相当为难
因为我在巴黎还有一个姑娘
我把她安顿在我的临时住所
在那里一日三餐也有人照料
有些人需要森林的芳香和潮水的低语
我晚上需要一个姑娘睡在我身旁[①]

我打算不久后去当松维尔小住几日
那里的空气适合我短期疗养
我将在干净小屋独自看书和冥想
也许在林中散步还会遇到几位乡下姑娘
我会以纯洁的心将她们想象，一次只爱一个
就像我此刻想着那位巴黎的姑娘

我的巴黎姑娘此刻就在那里
一个电话她就能坐车来敲我的门
我会随意又快乐地亲吻她的额头
我抚摸她时怀着最好的爱意
尽管下一个月可能忘掉她
哦！我的巴黎女郎那时又换了对象

---

① 这是马塞尔·普鲁斯特《女逃亡者》的一段注释。

很快我就要去当松维尔

现在只想着要冷落她几日

并找一位可靠的朋友看管她

2019-9-18

普鲁斯特

那个诗人还没有睡着

在一盏壁灯照亮的橘红色床沿前

他沉迷于一个新词

一个月前

在同一张床前接待过一位

十分朴素的女孩

送给她一朵墨绿色毛呢玫瑰花

那也是他的一位表亲

是他不久前爱上的人

一位美丽的女孩

银行家的后人

她有三个姐姐

分别成为三位爵爷的妻子

人们就以丈夫的姓氏

叫她们某某夫人。

那四位美丽的女人

我都认识她们

在童年时一起玩过铁皮武士和公主的游戏

那位诗人

当时他已经年满七岁

作为一位有身份的少爷

头上留着一根小辫子

在傍晚时分跟着斯万夫人散步

穿过牛奶女工路过的森林

——他家的马车就停在森林北面

紧挨着一片开三种花的那

少女们常去观察蝴蝶的花园

我们要好的那年夏天

正是兰花开得最好的时候

《关于河流的记事》刚刚出版不久

我们谈论的是一条正在衰退的河流

河流对岸那户人家的桃树和家传族谱

那年冬天

他在一次晚餐后问我

是否愿意做我最好的朋友

一生都不分离

我会请祖母作证

我们交换一件最爱的东西

作为友谊的开始

后来我们牵手穿过乡村小路

去见了他的另一位好朋友

这位诗人就是我的姻兄

他的父母都是颇有身份的人

在他搬家的那几年

在独自生活在巴尔贝克的那几个冬天

他完成了诗集和小说集

缔结过一次婚姻（后来退婚）

但他的妻子不是希尔贝特小姐

而是另外一位有双重姓氏的女人

一个捕鱼人的独生女

他视力最好的时候

是他朋友最多的时候

后来他隐居在姨妈家的空屋子中

每天想象着过去时代没有发生的事

关于这些塞莱斯特都可以作证

但她保持沉默

直到诗人去世后又过了十年

由她自己完成遗嘱

公开诗人一半的信件

另一半都烧毁了。

那件事情就发生在十三年前

在我刚刚搬离河边小屋不久

在我母亲迁回坟墓的第二年

所有这些都将留在一位镇长的回忆录里

如今他已四十多岁，年富力强

是一个好心而有抱负的人

他记得诗人最爱的品质是忠贞

而他们本身都是善良的人

关于这些

所有知道他们的人也都可以作证

2019-6-12

情人

格里埃·德杜马斯特男爵微笑着站在那里沉默不语
夏吕斯男爵①坐在他自己的轮椅上一动不动
他微微张开嘴唇，嘴里说着话，没有人听到他在说什么
有用人给他送来一份榛子蛋糕、一杯白葡萄酒
他就一边用小勺刮着碟子上的蛋糕，一边听着不远处人
　　们漫谈。

德·福什维尔夫人也在场
这位夏吕斯从前的秘密情人已经严重发胖
她只离开自己原来的座位两步远
不时摇着自己手上精致的象牙小扇
心里装着一本辞书

德·福什维尔夫人离夏吕斯先生远远的，他们没有交谈
那时他们两个人都已衰老
像是两个桌子上被挑剩下皱巴巴的苹果，两个隔年的松果
苹果无言，自己待在原地
松果没有落地，被两个冬天的冷风吹过

2020-2-15

---

① 夏吕斯男爵：普鲁斯特《追忆似水年华》中的人物，盖尔芒特家族成员。

希尼家族往事

和斯库林家族已在这里居住了数代
他们的居所是茅草盖的而不是石板盖的
他们的厨房里是盆火而不是锃亮的炉子
屋子坐落在田野中央而不是在排屋中
屋里的住户听到的是牲畜喧嚣而不是喇叭响①

那就是诗人谢默斯·希尼祖先们的生活
是他亲眼见到并写在书里的往事

2019-6-29

---

① 出自希尼《值得一提的事情》。

英国往事

克里斯托弗①和瓦伦丁终于在一起了我很高兴
尽管那样有悖一位绅士的传统
辜负家中妻子守身如柴的五年
（并且坐上从前情人的马车把自己送到战场边）
但蒂金斯爵士家族的那棵雪松树也倒掉了
两百年来挂在雪松枝条上的物品都落到地上
（父亲的烟斗都被提前取走）
有人说这是向从前的世界彻底告别
因此西尔维娅②也在汽车上询问将军是否同意娶她
克里斯托弗和瓦伦丁躺在清空的房子里
（我甚至希望见到他们当着朋友的面做爱）
我深深为他们两个人高兴

2020－2－26

---

① 克里斯托弗：电影《队列之末》中的一位贵族。
② 西尔维娅：克里斯托弗的妻子。

神圣女性沙龙

斯屈代里小姐、塞维涅夫人

尼农、格拉蒙

她们，这些贵妇人

听上去不如盖尔芒特夫人或者

维尔巴里西斯夫人①那样有名

而后者是虚构的

当尼农——那位终生未嫁的小姐

十五岁开始妓女生涯

连国王也爱戴她

和保卫奥尔良城的圣女一样

她们是女伯爵的首领和巴黎城的女英雄

沙龙的主人

在远去的法国，四百年前

由女人们塑造的新文明

拯救了大臣们的财产和心灵

也将终身残疾的作家

——箱中人（斯卡龙）和钟楼怪

从生活的泥水中救了出来

甚至她，曼特农侯爵夫人

---

① 维尔巴里西斯夫人：普鲁斯特《追忆似水年华》中的一位贵族。她有良好的学术
修养，有自己的思想沙龙。

成为路易十四年老的妻子

2019-8-6

历史学家

米什莱①一生结婚三次，三位妻子

有过一位情妇（奥贝班夫人）

他和婢女发生过几次恋情

（鲁斯迪卡和芭芭拉　1842—1848）

结局无人讨论

和邻居一样

他在严谨的历史写作中隐藏过自己的生活

尽管他知道那是上帝所不允许并且最终也不会成功的

他追寻真相的同时追求了爱情

那是人人都有权利的

在著作之余观察过鸟类、海洋和植物世界

作为学术生活的补充他写出博物学家的散文

像诗人一样，他在《法国史》中没有将死者完全送进
　　坟墓

——红里透白的英国人皮特，粉红色

有些平淡无奇

这个人脸上有种说不出的孩子气

---

① 米什莱：儒勒·米什莱（1798—1874），法国19世纪著名历史学家，被学术界称
　　为"法国最早和最伟大的民族主义和浪漫主义历史学家"。

——鲁伊斯，这是一位身宽体胖的卡冈都亚
一半是人，一半是鲸

那个宣誓效忠皇帝的人死于贫穷
他的一生包括恋情都无关丑闻
当人们说其他——米什莱
作为一位精通地名学的历史教授出现在
一部长篇小说中

2019－11－10

博尔赫斯

英雄博尔赫斯已经离开阿根廷
回到了他的家园，球形广场的内部
和他的同龄人俄狄浦斯、尤利西斯们在一起
使用从前家园中共同的语言

他的书籍都已焚毁
灰烬渗透到土地中，在天空中
谁都可以取悦。当我们匍匐在一间乡村庙宇
在一尊神像前呼吸到博尔赫斯的灵魂

那是他成为烛火、树根和测字书上的一行暗语
——博尔赫斯成为一种隐喻
和他赞颂过的事物在一起
有一天我回到南方的家
在一场大雨后陷入沉思
父亲拍打了我的肩膀

博尔赫斯，立卡瓦尔的教士，一道闪电
在我为逝去母亲永远打开的后门出现时
我想到的是
如果我一无所知将如何描述这一切
我将怎样向邻居介绍他们

2019－11－23

在舒登①

——当我们重新提起维特根斯坦

他找回了自己
为脱离社会感到高兴
交到几个村民朋友
一年后已经会用挪威语
和当地人通信

最简单的交流再好不过：
亲爱的路德维希，你好吗
我们常常想起你

长夜令他感到快乐
在自我的孤独中午散步
——这乡村的美是完美的

他的心智又着了火
重燃着活下去的愿望

——我的一天在逻辑、吹口哨、散步和沮丧中度过②
2017-8-3

———————————————

① 舒登：挪威的一个村子，维特根斯坦的自我流放地。
② 维特根斯坦的话。

理

智

世界的立场

面对一棵树才能描述一棵树

一棵树不会说出人类的规则

世界是主观的

这种信任比一个人对神的信任更可靠

因为无人替你建设它；它们就在那里

表现着自己，被人描述

在诗人眼中一棵树同时也是文学

那是世界溢出的部分

当诗人出现

它就在那里

表现着自己

世界首先是名词

接着是形容词，是副词

随着一个人闭上眼睛

一个世界就消退了

并且永不复返

2020-1-9

世界

对一位物理学家来说
黄色光是一种行为表现的物质
波长五百九十纳米左右
(一纳米为十亿分之一米)
横向移动的电磁波

对一位物理学家而言
世界根本不存在黄色
当然也没有紫色、蓝色和红色
黄色是人类的感觉范围之一
一种认识而非事物的本质

也就是说
如果没有人类
世界上便不存在深蓝色的夜、金色的太阳
——世界无所谓颜色
人类赋予树木和钢琴颜色、恋人的唇红

在一只乌鸫眼中
也许整个世界是白色、黑色和红色
它们依靠皮肤感知万物
人类的天空对它们而言

可能是拥挤的森林

而我们诗人
将在某一个沉静的上午
将物理学家对光的认识、云雀的啭鸣
以及万物观看世界的方式
判定为诗

2020-1-29

养蜂人

到处都有山，有草地
相似的树，不同的人
几首相同的歌
到处都可以跳舞
蜂王正在衰老
变化好在哪里

2018-3-10

论荒谬（一）

——苏格拉底的一个故事

智慧的苏格拉底是雕刻家和助产士的儿子
他还是自然哲学家阿尔克劳的学生
后来苏格拉底为雅典城建造过石像和喷泉
有人就说他是奴隶和石匠，是被禁止说话的诡辩家

有一回苏格拉底向人请教何谓虔诚
在整夜的交谈中那位自信而正义的老实人被逼疯了
他主动终止和苏格拉底的对话，看见
苏格拉底带着一种很浅的微笑离开了

而这件事的实质性意义据说是
经过苏格拉的追问和辩论
劝说那位作为儿子的正义之士放弃了对父亲的指控
使他没有堕入不道德者的深渊

这个故事流传了两千年，与其他数十个故事一起
作为好学生对老师的献礼

2018-9-28

论荒谬（二）

——两次阅读和讲授卡夫卡作品的体会

卡夫卡从来不说假话
卡夫卡像记日记那样写小说
为了解救自己
有一天他曾写道
我不会让我自己累着
我会跳进我的小说里
即使这会划破我的脸孔[①]

他就那样做了
像人们说的那样
卡夫卡从不撒谎
他的全部作品都是真实的
至少，有据可查
他曾试图拯救犹太人
就像他的同时代人、伟大的先行者
希欧尔多 · 赫兹尔那样

我的老师夏先生对此还有另外一种解读
卡夫卡在中国道家思想中找到弥赛亚

[①] 出自1910年11月15日卡夫卡日记。

——那是弥赛亚的自然化
一种无为而无不为的生存之道
通读卡夫卡薄薄的小说全集
你会发现这种解读不无道理
有时你可能还会觉得
卡夫卡已经化作一道微风

2018-9-28

论荒谬（三）
——卡夫卡之二

时间流逝

未来的人们将在虚空中看见卡夫卡的妹妹牵着他的手

和他们的父亲一道消失在布拉格夕阳的平原内部

很快，他们又看到像潮水般奔向卡夫卡家族的人们

这些人来自欧洲、亚洲、美洲、大洋洲

阿尔及利亚森林边缘

俄罗斯和中国皇帝派来的人们

用各种语言朝他们挥手

说：有空到我们这里走走吧

随后人们满足地离开了

就像纯真的卡夫卡答应了所有人的请求

2018-9-28

论荒谬（四）

秋收之际，有一天我在树底下休息
我的侄子气喘吁吁跑过来
手里捏着一页白纸，对我说
叔叔，你的小说得了三项全国大奖
你的三张获奖证书都被镇长领来的市长带来了
有两张已经过期
一起来的还有五六位我不认识的你的老朋友

我坐起身来，拍着肩上和屁股上的灰土
一言不发随我侄子回家
去见那几位远道而来的人

2018—9—28

论荒谬（六）

因为不是自己的房子

她的墙上没有一幅画

只有一面电子钟、三个挂衣钩

我看到这个年老的女人邀请一个年老的男人回家

他使用了她的浴室、新牙刷

以及她故去丈夫的睡衣和被子

在他面对的墙上有一个两层悬空的书架。当天晚上

这个年老的男人像个少年那样失眠

他推开了自己的门——又推开那个女人的门

他们再次见到彼此时已经是第二天的早上

他们结婚时不能得到任何祝福

四个儿子坐在客厅轮流骂她是老妓女

昔日的姐妹坐在楼梯间朝她吐口水

科尔沃斯基夫人被所有人唾弃

她和她的新丈夫买不到便利店的黄油膏

2018－9－28

一个人应该怎样生活

一个人拥有太多
获得的快感就会减少
过于富裕的人站在一件漂亮的新衣服前面不会有太多
　喜悦
他得到了也不会很快乐
对思维能力的拥有和金钱相近
思虑过多的人不大容易快乐
获得普遍快乐的多少并不是意义的标准

一个人应该怎样生活
——懂得一束花中包含的多种美
过温饱的生活，尽量使精神丰沛，锻炼身体
去体味获得、丧失、充盈、不足、虚空和一无所有的
　快乐
直到抵达个人死亡时那意义的终点

2018-9-1

论真理

一位诗人的思想通过语言传达
提供方法或观念
有时令第二位诗人和读者彷徨

当他希望信任那个说法，可能把它当作稳定的方法，又
　发现它并不能满足他的全部需要
而真理据我理解是共同面对而未经语言描述的存在
需要经过理解得以体现

真理本身是作为存在被感受到的——将会有那样一种情况
当某段语言成为真理，它便不再是语言
而是需要经过理解的存在，和一块石头可类比

但，从人们赋予真理的意义和追求真理的目的来看，真
　理并不存在
因为一切真理既是客观的，又是自我的、不可分享的
真理不可描述，只能面对着去理解

一个人面对一棵树而有所思，那时他便拥有了一种真理
是树传达给他的，同时是他主动去获取的
当他没有感觉，那真理便不存在

真理不可分享，不能遗传，不可复制
但可以被回忆、被研究
作为一个故事或一种经验被讲述

当某一真理作为某种经验的第三者被感受时，这一段关
于真理的经验
也化为一个真理，被那位第三者拥有了
原本拥有并讲述了那一个经验的人并没有失去什么，因
为经验是可被讲述和复制的

也可以这样理解——我们活在一个由不断增加的全部真
理构成的世界里
它无需被保管，你不用担心它丢失，因为它转瞬即逝，你
拥有的都是回忆

真理是随机出现的

2019-12-29

黑夜的预言

干净的树在夜里好好隐藏
令自己混在其他树中间
在夜里没有人分得清两棵杉树
桃树和银杏也没有什么区别
黑夜抹平了一切，只留下它自己
没有一棵树是必要的

那便是最适合交谈的时候
一切都完整地传到你那里
黑夜将我们的笑容和恐惧吞噬
当我们在其中创造一个人物
这个虚拟的人就和我们坐在一起
人们生活在铁质的黑房子里

世界将会毁灭在一个星期天[①]
但不是那天的晚上
人们会亲眼看见

2018-9-17

———————————
① 电影《另一个故乡》中的台词。

论艺术

一些事物在我们面前并不特别
普通人不会在人群中发现一帧动人画面
艺术家的能力就在于此
他们常常并不创造什么
只是翻译①这个世界
从现成的事物中轻轻摘那一小片
放到我们面前——就像魔术
请看好了，这就是风，就是梓树林
它是天然的，现在为你所见
又完全属于那位深色眼睛的摄影师

2019-1-10

---

① 据爱德蒙·怀特的《马塞尔·普鲁斯特》传记所言，普鲁斯特的创作只是"翻译"了自己的生活。

隐修士

穿一件麻质无袖长袍

麻绳作为腰带

有时捆住鞣过的山羊皮

脖子上系着带风帽的斗篷

赤脚，穿凉鞋，不论寒暑

这样的衣服他们每人有两套

另有一套睡觉时穿的旧衣服

衣服属于集体

当一个僧侣死去或离开

这些衣服就留下来给下一位

他们属于一个集体

在共同的时间里洗澡、洗衣服

有人认为他们在小群体之间

存在淫乱关系

不可否认

他们有时十分亲密

凡事都在考验

动物、陌生人、食物

都是魔鬼和幻觉

有人提倡独居

独居者在沙漠中死去

坟墓中枯骨的数量增加

天空中星辰越发明亮

2019—11—6

一位好妇人①

她一生煞有作为

在教堂门口嫁过五个丈夫

在人群中她很能谈笑

相思病如何治疗

想必她很懂

——因为她是个过来人

可惜的是

她有些耳聋

2019-2-21

---

① 出自《坎特伯雷故事集》。

挽歌，英雄时代

忒拜人克拉忒斯发现了金钱的秘密①
他理解美德，劝人过俭朴的生活；
西奥提斯岛人忒奥克里托斯用四行古诗
观察过同时代人亚里士多德树立的坟墓
在他们生活的时代穿戴青铜的人已经回到天上
东方的齐国国王②通过一次婚姻找到古老的族徽
博士们在墓穴和家族墙壁中发掘出诗篇
他们的事迹如今出现在几本蓝色书籍中
这些语焉不详的传说，后人会好好称颂

2019－2－25

---

① 据一本蓝色封面的《古希腊抒情诗集》记载。
② 史书《春秋》中记载，在寻找王国及国君的正统性的过程中，齐威王曾通过他的
母亲找到了其对殷商王室的血统继承性。

时光

对大多数人
甚至那些圣殿中的人物而言
关于他们一生的记述
也许寥寥数行就足够了

这是我刚刚坐在这里想到的
对比一个努力而坚毅的现代人的追求
我们现在做过的一切和前人没有太多不同
历史湮没我们，时光又将它重现
尽管仇杀、瘟疫和失败的分娩
令很多人在壮年时离世
而文明史上第七个千年的人们已经看到了光的秘密[1]
越是细微之处越光明[2]
杜狄的村长，沙漠中的古堡，墙壁上的诀别书
一切发生的都可以被后人倒叙
那位古代政治哲学家的青年时代只剩下三行文字
它们分散在两部法律文书和一首真伪难辨的诗歌里
遥远星球上一匹年老的马看着他的全部人生在重演

---

[1] 一个人可以赶在包含自己的光的前面看到过去的自己在做什么，但并不能改变发生过的事。

[2] 在显微镜中，微观的世界与望远镜中广阔的宇宙同样复杂而绚丽，简单而清晰。

闭上眼睛，言语过多的人已经踏入预言的迷途

2019-2-25

诗篇

群山的遗产哺育了古代的诗人
哲学家也是在他们中间产生的
神与人的战争作为教材、墙报和睡前故事
那些来自同一所学校的后代
有的成为圣人的门徒，世界的预言，事件的结语
所有争论的中间人，人类的第十位缪斯

2019-3-27

时间留下了所有人

时间留下了所有人
而它又最容易被人忽视，甚至将自己遗忘
只有几个人会找到自己的影子
今天是过去的自己，明天难以预知

农民在三个季节中忙碌
冬天让自己闲下来

2019-10-30

重现时光的小说

一

作为诗人我向往写作小说
五年前从一场梦中醒来
以为找到了它，一部理想小说
我将那梦写下来好好珍藏
三连环的梦发生在我的家乡
父亲和母亲就在家里
爷爷和邻居伯母也没有去世
只是我的奶奶没有复活
我在那场梦中一直奔跑
外星人的飞船就在天上
那是知识和幻想赋予我的
后来我跑出了那个梦
那部我尝试写出的小说
一位作家朋友说它什么也不是

二

但我追寻小说的梦没有变
写诗的同时没有忘记要写小说
我写过一片门前的草地和树上的麻雀
青草的香味在汉字上萦绕着
那是一条当天早上无人经过的小路

我凭回忆和想象写下了它们
在写作时我曾离地飞翔过
我将那个离奇故事告诉过写作业的女儿
和看电视剧的妻子
她们都是一场梦的见证者

而那也正是我想要写的
一颗敏感的心在等待的
一双激动的手将它们写出来了

三
朋友说小说中要有丰富的情节
小说中的人物不应该是平面的
前者的例子可以举福楼拜的《包法利夫人》
作者将农贸市场的拍卖写得像一场即兴演出
每个读者或多或少可以闻到小贩食物的香味
听到市长那些夸夸其谈的演说——高帽子闭上眼睛就能
　看见
后者我们可以去看小说之父的《堂吉诃德》
在那本小说中故事结束后人物还希望活动
我听了觉得是有趣的——它招来了仿写者
在小说天才们云集的大厅
我希望写出的到底是什么
如果只是为了讲出一个离奇的故事
令一个不凡的人在故事中重新活一遍
我们为什么不能续写《坎特伯雷故事集》或《金瓶梅》

四

我的同路人普鲁斯特

他的观点之一是小说家最好放弃智力

令过去的时光或幽暗的事物浮现出来

是它们重新找到了你

它们命中注定的主人

一块干面包就放在你桌子上面

希望你拿起面包，随手放进茶水中浸泡

那种绵软的味道引导你回到过去

就像我在一部讲述过时故事的小说中

找回了父亲1990年代打开的门

在那张朝南的门边太阳照耀着

夏天的风从南边吹进来

一些金黄的枫叶从树上落下

真是难忘的时光，油墨的香味没有改变过

现在就在我脑子里

与一些简单的词汇在一起

五

我不愿在小说里创造什么

或者我不愿在流动的人群中创造一个英雄

不想将一道闪电写进熟悉的河流中

那条河长年流淌，是一条南方四季不明的河

它没有干涸过，没有皇帝的足迹

三十年前我们坐木船从南岸到北岸

二十年前挖沙船将河道拓宽

一架小型飞机曾坠毁在河中小岛
那条河里出产黄金，也漂浮着溺亡者的魂灵
我要以一部小说写出这些事物和故事
而不是将它们写进一部小说里
进一步说是那些事物在寻找一部小说
不是小说需要它们

六

这部小说大概是平凡的
一个平静的村落
一条从未干涸的河流
惊心动魄的事情没有发生过
但年年都有生老病死
死因是衰老、疾病、自尽和溺亡
谋杀和仇杀也曾发生过
后来的人们已经忘掉了
在那部小说中我失去的是我爷爷的壮年和
父亲的童年。那些故事他们没有讲过
土砖房被推倒，红砖房重建起来
洪水又将它们全淹没

七

所以我也想对你说：
尊敬的我的过去和未来小说的读者
我将冒着被嘲笑的风险劝慰你们
——聪明的、已经拿起小说的人们

有空也去翻翻那几本无人死去的书

世界上的故事有万千种

外交官和皇族朋友塞万提斯的骑士小说

博学的修士拉伯雷想象中的巨人梦

天才的穷人作家乔伊斯无所不能

他将整片街区所有人都写进了6月16日的

《尤利西斯》里——那善战的神

而我认识一位作家朋友

他能让十二个朋友走进十二部小说

最后他们都将离奇死去

留下十二个难题，连最好的警察都不能解开

而我写出的是什么

只是一个人某天站在地铁十四号金台路西北

他看到的一切——这个执着的人

又被对面楼上一位美丽的少女看见

不是因为新奇，却又被她记住

2019-2-26

抒情

十年（献给我的妻子）

一

这么多年

我总在夜里等待一天中个人的落日

最后几个小时上升为黑色和白色

我失焦，无所事事，有时乞求女儿的吻

火焰分作两份，我将右边的一份

点燃给你看——它可能是一种衰败

这么多年以来，我们守着一两张床

有时你睡着了，有时你清醒

独自翻开我的日记

去找自己，或陌生的影子

二

没有人阻挡2006年的一个男青年

南下广东，在楼群中等待一个穿橙衣的女孩

他们秋天的接吻也预示了2008年的

悲伤与喜悦

没有人阻挡一个女孩降生

那是我们经历过暖房唯一瘦小的婴儿

也没有什么阻挡一个浪子伸出的手

它让我们流泪：坚持是可笑的

让我们在一起的是什么

爱，对俗世的依赖

三

我爱你的一些细节

有时我觉得完整的你是陌生的

在你睡着时我凝视过你的脸

就像怀疑一个汉字。我问过自己

这个人就是我的妻子吗

但我爱你永不光滑的脸

爱你往下巴上贴意义丧失的碎纸片

我爱沉睡的你——她比你醒着时可爱

当然我也恨你

我的恨也很具体

四

当你希望得到全部的我

包括我的秘密——我便没有秘密

像临终前的苏格拉底：我能交出的只有几何体

作为诗人的妻子，我们不讨论诗歌

真正的家庭生活无需理性

家庭是最适合诗人与花匠的

纯粹的家庭不需要门童，也没有账本

不要在意那个减少的彼此

这是全部的我

也是完全的你

五

以前你爱听歌，现在你爱唱歌

我觉得你唱歌时是一种由我酿造的孤独

你知道，我从不勉强任何人

我最放任的是自己。如果你愿意

我从不夺走你的口琴。每天晚上我走向厨房

在那里洗一日三餐的碗，你应该不知道

我几乎熟悉厨房的一切，习惯它的阴暗与油污

那些蟑螂从出生开始，见到这个男人在厨房忙忙碌碌

我洗刷，抽烟，忏悔

深夜我抚摸你沉睡的脸

六

今年新年，我们去看歌剧《泰伊思》

一艘损毁的褐色木船在沙漠中搁浅

十三个僧侣身着苦衣在舞台上蹒跚

在那场爱与救赎的主题永恒哀歌中

你在我左手边慢慢睡着了

到了最后，亵渎过生活的泰伊思成为神的新妇

圣洁的使徒巴弗奴斯将自己丢到爱的囚笼

你热衷于爱，他虔心救赎

我愿为你复述这个震撼人心的故事

就在你和我相守家中无所事事的时候

七

当然，孩子是命运的馈赠

是受赠人，又是赠予者

我愿她完全拥有自己的生活

今天早上，你在门口索取女儿的再见和吻

我拉着她的手穿过金台西路

她在长大，我们唯一的女儿

没有人比我们更明白2008年冬天的降生

即便是你可敬的母亲，和我悲哀的母亲

我也未曾向你说出那年夏天的争吵中

她拉我出门去看星星

八

火车到站，火车停靠

三千多个日日夜夜，山羊草枯荣十次

从青涩到成熟（我不愿承认的）

我们在生活中学会争吵与背叛

我曾让你流泪百十次。我在厨房独自忏悔

如果许诺有用

我向你承诺爱、永恒，一生只属于你

我不能明确忠实于你、婚姻，我的内心

十年来没有送出玫瑰

如今在我在室内放两束干花——它们开放

九

我们结婚，在神秘的布鲁姆日

全城的人出门庆祝，献出鲜花和奶茶

那是他们的节日，庆祝众人热爱的女人

从此获得一生的爱情

在神秘的6月16日，我们出门

走在雨中的长沙大道，没有期限的契约

就这样结下了

注定是故事的开始

注定一个孩子要出生

注定我们成为夫妻

十

所有我未说出的

作为对我们的祝福

2018-5-20

我熟悉的聚会的故事

有一个这样的聚会
天天都在我住的公寓举行
五个年过六十的妇人
换上她们衣柜里的漂亮衣服
用报纸包着面包、奶酪和酒
斜坐在楼梯间聊天打发时间

这是真的
只有一个人是虚构的
她们坐在楼梯上从下午一直聊到傍晚
直到别人家的儿子都下了班
这几位单身年老的女人才会散去
好像自己的男人也回来了

拍一拍各自的衣服
收拾好自己的报纸
她们打开三楼、四楼、五楼的房门
走进各自的房间
打开了她们的收音机
温和的音乐响起来了

暮色洒满街道和楼梯

又到了做晚饭的时候
音乐声让人如此安静
就像宴会过后所有朋友都回家了
——妈妈呀
你在哪里

深夜里所有人都睡了
第二天上班的人都起床
在我住的这栋公寓
每天下午三点
五个年老的女人带着面包、奶酪和酒
坐在我熟悉的灰色墙皮斑斑的楼道

2019-2-2

有情人谁更痛苦

你们有情人
我现在要问你们
谁的情况更苦
派拉蒙呢
还是阿赛托

一个每天都见到他的爱人
但必须永禁囚牢
另一个拥有自由
却永远不能再见意中人
否则就要被砍下头颅①

2019—2—21

---

① 出自《坎特伯雷故事集》，有改动。

安纳托利亚往事

安纳托利亚，动人的原野
雨下了几个世纪，不改它的容颜

他们深夜寻找死者的骸骨
那是所罗门的后代在大地上认亲

但没有人认出芨芨草深处的石头面具
没有人熄灭头顶的满天星

安纳托利亚，聚光灯下的神
它让人类重新长出头发，让树结果

如此安静的时节，像是古代
古代的风又吹遍原野

2018-5-22

最美丽的一天

多么美好的一天
下着一场大雨
我在路上遇到一个高个姑娘
什么也没有说
我们就在大雨中接吻

就像亲吻一块巧克力
一块没有舌头的巧克力
那么大的一场雨
我们沉默着接吻
吃对方的嘴唇和舌头

整晚都没有满足
天亮时人们都醒了
我们在早市和桃林中接吻
直到傍晚才离开

2018－4－3

爱情（二）

我的女巫
穿着白色运动鞋
她就在那里
挥之不去

2018-1-16

小茉莉

小茉莉

以一枚银币雕刻十月的火、十一月的恋情

三月我们砸碎松果，四月丢弃心形石

一日好似一年，红苹果在脱水

第二个冬天已经过去，又回到从前的生活

戴上你的宽边帽，穿好你的连衣裙

在湖的对岸回应歌声

喧嚣又属于你，沉寂也属于你

一年过去了，我坚持播种小点地梅

继续热爱洋桦与蒙古栎

东南风依然吹向你，旧面孔镜中消失

可是，小茉莉

我也不是没有爱意的人

我曾拒绝过闪电、鱼群、一个少女的吻

背叛形同谋杀

开过的花堆满窗台，明年全扫尽

2018-5-8

穆赫兰道

无声歌曲摧毁了一个女人
他们把她拖出舞台，将她拖走了
就埋在兰花街第十二号那栋很久
没有人经过的木屋前。这样她就死去了
带着浓浓的妆。她的灵魂跑到街上
搭乘一辆出租车在深夜走出去很远
以为能回到她从前唱歌的寂静酒吧
看着魔术师和小丑都拿出乐器演出
直到声音消失也没有停下来
她知道自己错了，那个女人已经走出去
很远。台下的人都流着泪，为了满足自己
恳求寂静酒吧将演出再重复一次
三个演员从幕后走出来抬走晕倒的女人
将她拖到街上，就埋在兰花街十二号
那栋所有漂亮女人都去过的临时住所
他们打电话通知下一位外地女孩
来吧！欢迎再来穆赫兰道
为爱干杯

2018—11—11

诗篇

情人们从幽暗的地下室走出来
在大门口相互告别。一群人又走向旷野
太阳高高照在他们身上
爱和情欲的花粉很快就散尽了
长子、海员、心脏病患者，重新出现在下午海滩

2019-3-13

飞鸟

三只长尾雀从窗前飞过

这个下午又疲乏的时候

我在阳台上看见它们——转瞬即逝前

用相机捕到其中一只

普通的黑色长尾雀没有名字

尽管诗人用几行短诗将它和那不朽的天空

写在一起。似乎留下了什么

这块土地上曾有过无数次战争

骑兵的血和流民的包裹撒在已经消失的路上

我打开窗户，没有一只长尾雀飞进来

和我继续阅读无尽的故事

2019-3-13

长尾雀

长尾雀在楼下活动
静园的楼群、地面和树都是它们的领地
它们在石板路面和屋顶上走，翘着尾巴
飞到树上，在香椿树上寻找虫子
在常青的松树上啄食去年的松果
它们在叫，发出长尾雀的叫声
人类借助比喻来描述：那空气爆裂的响声

三五只长尾雀在楼下活动
行走和飞翔——人类梦想的方式
它们不留下任何精神遗产
有人试图恢复一只长尾雀的梦境
而它们只是不停飞翔和叫唤，秘密繁殖
从不像乌鸫或麻雀那样停在树枝上
让人们以为它们也是爱沉思的鸟

2019－3－14

草籽花

紫云英花三月已经开过
它们正在融入泥土，加深大地的颜色
带去植物的灵性、花的香气

在春天令稻田再次苏醒
紫云英不用农民好好照料，种子落在田里
就自己生长，创造花海和绿色田野

浏阳河涨水之前，它们成为新泥
少女们来过，去摘紫色花；诗人没有来
草籽已被收集

2019-3-27

生活

阴冷的春天

我点燃树枝也烧了泥土

秋天也是如此

我有容易受寒的肠胃

有时候吞下火焰还会

消化不良

2019—5—4

花（一）

鲜花和干花有相近的美

百合、马蹄莲、康乃馨、玫瑰、满天星……散装的花我
   各要一枝

给妻子也给女儿，给丈夫也给儿子

愿所有妈妈都快乐，获得孩子的心，叫他们小宝贝

五枝花在蓝色玻璃瓶中，像国王派来五个儿女

——她们代表父亲骑士的爱意

半个月后鲜花也会干枯，而我爱惜它们，给它们阳光和
   空酒瓶

花不再呼吸时，美依然留下来了

（赠汪海老师）

2019-5-13

花（二）

月季花有朴素而无言的美
花瓣和玫瑰没有什么不同
而我喜欢月季
常常在路上停下来欣赏它们
一株月季花长在楼房边上
一片月季花开在树荫下面
它长在地上让人看见
凋谢的过程也让人看见
像一个永不撒谎的人
带着秘密离开时
天气晴朗

醉酒的那天我摘了一枝月季回到寝室
一周后月季花落在透明的玻璃板上

2019-6-27

一棵松树

一棵松树在春天缓慢死亡的过程
整栋楼的居民都见到了
它就不是死于孤独
服下的临终药丸是春天全部的风和雨水制成的
就是这样。一棵松树的骸骨没有包含敌意
它的周围是两棵健壮的松树，一棵高高跃起的香椿树
一片平房和几只善良的狗
当我在下午打开窗户，金黄的松树就在那里
是我在经过月季花瓣零落的寝室后看到的
那时我刚出远门回来
正站在洁白的房间里

2019—6—13

山毛榉

山毛榉在想象中生长

成排的山毛榉在想象中装饰着城堡女主人的大路和小路

那些成年的山毛榉都是高大的

农夫的火焰，猎户的防风墙，战争中得胜的矛

托尔斯泰和普鲁斯特的山毛榉各有不同

对于后者

那些正直的山毛榉也有香水味道

在一部小说中将枯荣超过七次

一片具体的山毛榉林中有北方的群鸟

有马鹿，也有国王的队伍庄严地经过

那是我从前的记忆，少女们两百年前的生活

2019-6-13

八月之歌

八月的最后一天迎回了我们的朋友
当他推门出现时我说，好久不见了

好久不见了。傍晚时一条路上总有新鲜的人
我们又说着从前的故事，着黑衣轻松穿过它

长发的小珂穿着巴黎银色舞鞋
银色舞鞋踏着影子在一条落叶的路上沙沙地走

这是第三年重新开始的故事
我们穿过人大西门去那家重庆餐厅吃烤鱼

八块钱的啤酒喝两箱后，旁边情侣起身离开了
是的，看上去从前的老板娘也更好看了

别着急，让我们继续喝啤酒
短发的小林一饮而尽，他说今天太快乐了

说起新婚妻子，他说半年不见妻子真的太漂亮
借着酒兴我们又讨论一个从未提起的新词

那个词赞美任何人从来没有失败过

我们就用它赞美了同一个房间里的所有人

直到很晚，老板告诉我们时间真的太晚了
小珂端起酒杯说，我们干了它回去吧

后来我们就走在那条深夜又有人唱歌的橘黄色的路上
看见三个男人在一座桥下蹲着，像是在说着什么

他们是安闯、西塞和朋友乔那那那
我说，兄弟，回去吧。我们又走在那条停着长途汽车的
　　路上

多么宁静的路上，歌声停止了，没有一个人接吻
仿佛是一年中最羞涩的一天

这一年最羞涩的一天，叫自己马拉的男人像快乐的锡
　　兵在走
我已经写成一首新诗并附上歌谣赠送给他

最后我们都睡在自己熟悉的床上
窗外是一株死去的松树，夏天以来慢慢干枯着

（给马拉）

2019-8-31

朋友

请你们记得和妈妈一起回来的客人
要照顾好他们用牛皮纸包裹着礼物
以一张红纸封签那是祝福对你的祝福
请收下吧朋友晚上多加小菜和肉来
两壶酒吧好久没拉家常了老舅舅都
已经老了好朋友正是时候放下手头
的活儿听我说你快去把桌子椅子收拾一下
快去做菜做饭把茶壶拿上来我替你
泡茶我替你把客人们好好安顿等到
吃完饭你们把三十年来的故事都说一遍
都说一遍那样爷爷就会满意了妈妈
就会放心了明天开始你们只管生活
你们只管乐吧毕竟王尔德爵爷也是
那样说的你们一定也都看到了

2019-9-3

爱情（三）

一

你

是我想象中的女士，一个完美的女士

我们之间没有争执

除了欣赏和爱，共同生活

我们之间什么也没有

二

这是完美的关系

这是完美的爱情

没有阴影——如果有

那是我们之间以必要的阴影

遮挡太阳

三

我们生活在山地中

我们也可以生活在城里

都没有关系

如果我们愿意，也可以生活在水中

在湖底，在海洋深处

四

因为无论到哪里

我们都只愿意奉献和享受，爱和理解

因为没有敌人，除了相爱的时候

我们心静如水

如在无风时的山谷休息

五

在我们相爱的时候，就把心灵和肉体都打开

在太阳底下，在黑夜中

我们闭上眼睛睁开眼睛都拥有对方

我们打开身体时就像十月剥开殷红甜蜜的石榴

我们享用了石榴

六

也享用了自身和彼此

当我们平静下来，微风吹着身体

毫不羞涩。我们走出门去

愿意编织爱的故事讲给所有人听

连最孤独的人也不例外

七

而我们是融合的又是自由的

我们独立创造，一起分享

九月你刚从一座城市徒步回来

一天傍晚我们就在餐桌前开始讲它的故事

那天我觉得你的肌肉更有力，而容颜更美

八

至于精神，那是最初我们以相似的啁鸣交流过的
也就是你理解我，我也懂你
互相欣赏，热爱一些相近的花，享受相似的天气
冬天我们共同翻译《爱的秘密》
柴火在燃烧，你的身体散发香气

九

因此当一个人不再相信爱
我们便以共同的故事给他显现
那最美丽的东西不是消失了，不是不眷顾你
而是你不愿接受它，甘心接受它已经死去
就像一个依靠幻想生活的人被人群填满

十

我的爱人是一个完美的人
一位完美的女士就在身边
她的容颜三十年不曾改变，因为不恐惧，也不妄想
她内心平静，因为她什么都拥有了
我看着这一切也觉得完美

2019-9-16

朗诵会

喂
我说

给我单独拿一张纸
让我将诗写在上面
不要和别人的混在一起
我从来都是一个人
作为一片叶子我也是最后掉下来的那片没有变黄的银
　杏叶
怎么样
你说吧

——当然可以
他回答了

现在我的诗篇就印在那页日历上
你要撕掉也可以
我没有意见了

请你出去
——好的。谢谢
2019-10-24

诗人访谈

——每天晚上，我在熟悉的房间走来走去

寻找着诗歌、小说

带着一本书从大人卧室穿过狭小的客厅

有时走到洗手间，有时走向厨房

在那里我点燃一根烟，抽了两口

烟在头脑和呼吸道中扩散

像低毒气体充满封闭房间

——我能感受到身体的活动

物理的变化令皮肤内壁产生开裂的感觉

化学变化让我内心产生矛盾

它们混杂在一起，令我不安

——我对家庭充满愧意

这套房间有两间卧室，住着我的妻子、我们的女儿

在我毫无目标地对文学的寻找和情感产生的过程中

妻子睡着了，女儿翻来覆去

她没有心事，但不容易入睡。深夜十点半

城市还没有休眠，汽车发动机和喇叭的声音没有规律

远处有人在跳舞，但我们看不见

房间里十分安静，我熄灭了几盏灯

天变冷了，在一本旅行指南上我找到几处熟悉的地方

回忆起过去

有一天我收到父亲寄来的包裹，三瓶辣椒

晒干的苹果皮，而南方不生长苹果树

想到父亲独居乡下的生活

他在夜里守着有七个房间和一间顶层大厅的房子

晚上他在那里生炉子做饭，白天在房间与房间之间走动

——他住在其中最清冷的小房间里

我们都没有回去。天变得很冷

我在此地生产诗歌，复述自己的情感，保留着晦暗的
　秘密

有几次我哭了起来

劳累、疲惫，语言不能描述的心理活动

……压抑着我

因为没有疾病，我便没有药物

想到三个人可以伪装一个旧世界

令从前晕厥的人苏醒后以为眼前年轻的男人

是自己的儿子

……我昏迷过，每天进入梦乡

2019－10－30

傍晚来到一座城市

昨晚已向俄语教授告辞
今天没有对十一位俄罗斯诗人说再会
（当然对我们来说那可能是永别）
中午从上海独自坐火车离开，穿过南京城
穿过了冬季南方绿色的树和坚固的野草地
穿过高祖庙、禹王祠
在南北交界处，也穿过平原上的安徽
像妈妈的一根针在旧衣服上习惯地游走
像妈妈钉纽扣
穿过地图上一个一个地名，土地上的植物
（而人类的房子最可忽视）
河流、水库，大大小小的池塘在地上反光
养育着鱼群——幸福和痛苦的事正在发生

傍晚时我来到一座北方城市
这里没有我留恋的人，没有熟悉的故事
火车一刻不停向前走
穿越时间
压缩着空间
我知道夜幕中经过的乡村里同样有一个皇帝
那是熟人和界碑的守护者
也是财富和秘密的占有人

时间越长地图越大，皇帝的影子也越大

高速列车由南向北移动

十里之外一只蜗牛在爬行

对列车司机而言它将在一首歌后死去

对蜗牛来说它还有漫长的等待

足够费力爬上老半天

（有人说，蜗牛没有情感）

而火车还在向前

正如疾病和情感在一个人体内运行

明天早上将令他咳嗽

（给郑体武教授和俄罗斯的安娜）

2019-12-29

自传序

提前发表一部为自己死后预备的《回忆录》是不是可
　笑的
或者说这位接近杰出的先生等不及为自己辩护了
因为信仰一个人死后的名声
就在活着时尽力塑造一个完善的自己
至少是符合他自己心愿的
他写下的"回忆录"除了记录一生的事
还阐释了这些：对自己的理解、面对过什么，以及为何
　那样做的

在人群他种下的玫瑰花也都被人取走了

2019-5-12

2020，新时期

此刻人们如何识别彼此，献出爱情

现在我们发现爱情的密度随着人群疏散
而大大降低了
面具背后的容颜不能看见，但人们的眼神
平静下来

也许我们可以猜测从前对情欲的判断太高了，我们放纵
　了自己
沦落在人群中被识别的面孔和它的身躯里
我们低估了个人内心独处的需要
我们把自己消耗在追逐里了
我们摇晃着酒杯，摇晃着身体，捧着对方的脸
我们以为那样就是最快乐的时候了

现在我们坐在一起，我们分开距离
比从前更遥远；我们没有停止观察
但我们的希望和渴望变化了
或者说我并不热切地盼望走向你
所有人的陌生人——了

你还是穿着从前的衣服
夏日的裙子、遮阳帽
浅色外套

你还是芳香的，还是婀娜的

你的长发卷起，短发垂在白净的前额

你有阳刚之气，因为你手臂粗壮、身躯高大，并且没有
    肥胖

你一定是个健康的女人了

那么当我们相遇时你在想些什么

作为一位正常的男性我应该会爱上你的

但你出现在我面前我会如何识别你

我爱你的容颜还是爱内心

（当然身体是必不可少的）

我应该爱上你的背影……和从前一样

我会看着你

我羞涩

我沉默

我看着你转过头去

和刚刚差不多

我不再看见你的脸

我爱你的愿望降低了……甚至快要消失了

然而请不要难过——也没有谁会难过的

我走在路上，所有人和从前变化不大

路灯下背影很快就被识别了

我们面对面

我们转过身去
仿佛都差不多

我没有爱上你，也没有心动
很快我就习惯了。所有人都差不多
很快人们就会习惯了不要爱情
或者说判断爱的方式改变了
仿佛换上一门新语言
或者连交流的需要也被解除了

我们站在一起和从前看上去还是差不多的
你离开我
我离开她
非常自然

2020-4-15

诗歌改变的命运，或阿多尼斯

昵称"阿鲁什"的十四岁少年
阿里·艾哈迈德·赛义德·阿斯巴尔
听到首任总统即将访问塔尔图斯的消息
便步行从家乡卡萨宾村前去觐见
在总统面前朗诵了一首自己创作的爱国诗篇
总统大为赏识，当场答应由国家资助他
去城里就读法国学校
这一事件不仅改变了少年阿鲁什的命运
从家乡清真寺的私塾学校
转到省府塔尔图斯接受小学和中学教育
从此与城市、政治亲密接触
并且继续写作诗歌

他如此聪慧，勇气过人
使用三百个名字写作和发表观点
从事工作和政治活动
有时他令自己以不同名字
以诗人、评论家和普通读者的身份在报纸上
互相批评——在一部小说中
他将自己藏得最深，以致如今仍然没有被人发现
当有人在几部署名"阿多尼斯"的作品中认出了他
人们现在就叫他"阿多尼斯"

而不再是"阿鲁什"或
"阿里·艾哈迈德·赛义德·阿斯巴尔"
也许后者分别属于卡萨宾村和他的父亲
我们拥有神灵的后裔
诗与爱意化身的男子

2020—4—16

从洳邡山支脉之麓南望察梯勃伊冰河

白雪皑皑正如我们所见

在妫水源头，一万年的雪自深谷

缓缓流出，长年不息亦无人观赏

三座雪山共同孕育的沙哈德村

没有人驯养家畜、种植农作物

地球腹地的村庄和世界上最高的村庄

长老、猎人和群山之主正等待拜访

我们的驴队和雇佣兵在旅途中

面对严寒和黑邙山特选的罪犯

我们走了出来

因为怀有追寻过去生活的使命

我们口袋中来自公主堡的松枝和胫骨化石

令他们和颜悦色站在古老的山脊

我们的队伍走了过去

如今正站在洳邡山脚

面对着冰河，有人失去了趾骨

但活下来的人到达这里

是一千三百年来沙哈德村的第一批客人

和几个当地的男子与小孩合影

他们穿着条状的长袍

和古人一样，他们使用失传的蝌蚪文

2020－5－5

唐代即景

唐代正在我们手掌上

因为新发掘的开元通宝就在身边

跟随找宝人的脚步我们来到这里

在一处高高沙丘的脚下辨认出死树的枝丫

这里没有一片绿色的叶子

接着我们找到了柳树和白杨树

它们都已经死去，被埋在沙里

如今又被人翻出来

那是我们聘请的找宝人和向导

他像挖出童年埋藏的玻璃球一般

没有太费力气就回到了老地方，挖出了沙棘

在丹丹乌里克的沙丘中

我们看到了佛塔和北方守护者群像

一个裸身女人出现在干枯的墙壁上

尽管她的发簪已经脱落

依然向我们无声透露了当年的讯息

我们的东面是一口深掘井

西面是一些残破的泥刻画片

也许在讲述与偶像寺①有关的故事

在所谓的"杜狄②的村庄"中

---

① 偶像寺：临时命名的古代建筑。

② 杜狄：即那位向导。

我们留宿三天两夜

返回时没有和一个人打招呼

2020－5－5

沙漠中的蛾摩拉

大风吹开沙堆

狄拉伸出双手将干柴拨开

我们穿着棉衣就站在边上

看见一个肌肤雪白的女士扬起双手

从一面灰泥墙上露出她丰满的面孔

她的腰间缠着一层薄纱

恍如鼎盛时期地中海人的大理石雕塑

除此之外她没有穿一件衣服。微微侧身

向我们展现那年代不明的躯体和

本世纪人们那么熟悉的笑容

从她身躯下方埋得更深的佛塔顶部残片

那残片上有一个又一个面带笑容的泥人

从她不远处被遗弃、被风蚀去一半的房屋

我们恍惚来到了一个时间叠加的世界

被历史塑造的村庄和村庄的历史

包含着欣赏女性美的残片

根据一个流传至今的故事

从前此地乃是一个欢愉集镇

一些美艳的故事被反复讲述

这里的男人依靠故事中的女人

获得了儿子

因为从来没有人见过她们

美丽的传说也就不能被否定

如今我们终于在干柴背后找到她们

鉴于书籍中的故事也在路上见闻中被一一验证

我们有理由相信关于蛾摩拉村的传说

通过几位腰缠丝绸美丽的女士

完全被证明了

尽管此地在寒冷的夜里一片寂静

没有人声和灯火

携带古老姓氏的人们已经消逝

或者她们迁到了别的地方

如今她们也许正生活在几棵树下

正被几位怀孕的女人再一次生下来

2020-5-5

杜狄的村子

和阗人杜狄和他的父亲过相似的生活

作为沙漠中的居民为了生存终年获取水和食物

将铁器和血汗穿透流沙，深深扎进土地

像千足虫寄生在不毛之地

为了拯救自己和家庭，他们寻找红柳、沙棘和芨芨草

种植少量的粮食，人人都有绝技

当我们来到和阗，在一棵树下和他相遇

那时他正抬头朝我微笑

作为找宝人和兼职向导，和他的父亲一样

他在童年的沙地中刨出过楔形木版和小佛像

将迷途者和职业探险家领向东方和西方

正像他的远邻后来向我们说出的故事

杜狄收到我们的钱币和干饼，引我们去到

他的村庄

在圆形沙海中我们途经只有他和他的父亲能辨别的

大地记号——我们没有见到野马、猎豹

在一块凸形沙地毁损的房子前停下来

杜狄叉腰站在太阳底下，掀开头巾让他的额头

被太阳晒得更亮。以下是他对我们说出的话

这就是我的村庄

连老杜狄也不能找到

这就是我的两间房屋

今天晚上你们可以睡在里面

从毡篷中看一看天上的星星

如果你闭上眼睛

会像我一样安静

当你们离开的时候

我将送给你们一块

书写了祝福的木头

这就是我们曾经到访过的土地

如今人们将它简写为"和田"

有时我也会怀想起找宝人杜狄和他的故事

那时候我们便拿出他赠送的木头"祝福"

它们都来自一百年前

携带的是下大雨时期

和阗的信号

2020-5-7

古代的雪下得很大

很快就将滑雪板和门前空地覆盖

将石块和滑雪板的棱角掩藏

地上的雪越来越多

再也没有见到水渍

雪越下越大

我们在雪地上打滚

将雪球扔到陈旧的房屋上

纸窗户很快被砸开了

玻璃窗户上的印花人像不见了

蘸墨写成的竖行故事也变得模糊

妈妈给爸爸准备出行的包裹

爸爸要送我们去很远的地方

走在被雪铺满的路上

我们拥有了坏天气、好天气

我们收拾好了马车

我们将走在被雪覆盖的

一直都是全新的路上

通过偷听两位旅行家的谈话

我们得知将会碰到一位读书人

独自走在正被大雪覆盖的路上

一个火红的橘子指引着方向

他们说

那个人十年后将成为商业巨子

在通往出海口成群梅花鹿生活之地

将建起一排又一排矮屋子

远处是石砌的宫殿

就在晚上

光线将会永无休止地通过

接着就是一群男孩

他们跑过墙上挂着的

十多个世纪以来所有土地主人的画像

2020-5-14

在尼雅忆古

六弦琴遗落后

又被拾起来了

琴弦腐朽

已经是泥土

泥土埋葬了音乐

当我们重新见到那

半把六弦琴

昔日老人的灵魂

像迷雾化为人形

年轻人以音乐和舞蹈

宠爱着陌生姑娘

我们看到沙地上

又长出白杨树

马匹交换骆驼

尼雅县令收拾中央大厅

招待西方来客

他们交换文书

以汉字抄录法卢文消息

就在县府内室

我们看到了罗马雕花椅

它们迎来贵霜王朝的使者

当客人们散去

县长再次接待了我们

因为都是中国人

我们显得轻松

三天之后带走县长的家信

我们回到了长沙

讲述了西域的故事

它们中的几个流传至今

指引我们回到尼雅

在尼雅

在一座土堆的底部

我们挖掘三天

又见到了从前的大厅

正如你听到的

我们见到了熟悉的六弦琴

见到了木板上的日记

命令高县长永远守在尼雅的

残损的消息

我们翻出了昔日垃圾堆

它们堆积在一座低地

废屋的内部

那是千百代人的生活

匈奴、罗马人、印度人

汉人、突厥人、藏族人

蒙古人、俄罗斯人

就在墓地旁边

被我们再一次翻出来的

181

是牧民、强盗和士兵的生活

还带着腐臭、尘埃

进入我们的肺部

令我们回忆起来

——多么喧哗

以为是地下大军

是死神

是梦境

2020－5－15

槐花落下的时节

夏日的清晨我们从楼上走下来

见到三个戴手套的男人在大树下干活

金属管焊接而成的框架像鸟笼立在地上

他们翻转着鸟笼测试它的硬度和韧性

一只黑色小狗竖着尾巴一瘸一拐走过

一位正在等待男人们结束工作的老太婆

很快她就会和他们商量将剩余的塑料板

带回自己家里

她打量着地上一块卷曲而可爱的废弃物

想到餐桌中午将铺上一块干净的塑料板

她和老头挨坐在桌前吃午餐

当她走回家时进入的正是我曾书写过的

一个女儿为独居母亲死去哭泣的十三号楼

那是去年五月，在百合花刚刚长出来的时候

一只有灵气的黑猫在窗台上走来走去

一只白色的猫总是缩在楼下代步车底下

它有时睡觉，有时吃盘子里谁给它的东西

星期二早上篱笆中几朵月季花静静开放

一株冬天将挂满红柿子的树因为无风摇曳而显得更加谦逊

这一切被那个失去工作的男人看在眼里

乌鸦和麻雀正在他头顶小孩般欢快叫着

2020-6-9

人们为自己不拥有的烦恼

人们总是为自己还没有得到的烦恼

比如渔夫希望捕捉鲸鱼，得到美人鱼妻子

一个年轻的县城青年梦想获得至高文学荣誉

那些没有得到的，也许明天就会到来

而有的如同遥远的星辰，永远不会降临

有时崇高的梦想不如祖父的故事让我们收获更多

也有人总是看不到自己手上的果实和金币

坐在父亲安稳的房屋里，却终日烦闷

很多人用过高的或不会实现的希望

（不如说是奢求）蒙蔽自己

以为纯洁的伴侣和可爱的孩子

都是自己本应拥有的

就像认为时间都是与生俱来的

因此从不珍惜也不去用心体会

那个人已经将自己拥有的快乐抛弃

时间都耗费在毫无意义的希望上了

当我站在一条平静的大河边而

渴望去对岸生活

四周没有船只、行人和浮木

有的人因此觉得自己是失败者

正如从前诗歌中所写
为什么不在此地建造自己的房子
为什么不能欣赏河流南岸的风景

风从北方来，也吹到南岸
夏日南方的风把翅果吹拂到河流北方
如同时间一刻也不会停留
所有的现在都在注视中成为过去
一个人沉入海水不会抓住一捧海水
如果那个人习惯叹息过去不可追寻
那么他连现在的一切也不拥有了

2020－6－21

我爷爷和我爸爸的枇杷树

我爷爷的两株枇杷树还在家门外生长
它们还活着，冬天还会在大雪后开花
春天花谢了，它们继续结果子

不高不矮的枇杷树长在我家屋后
还有三株——原本至少有五株
高大的枇杷树长在我家的北面和西面
结出甜度不同的果子
仿佛爷爷肚子里的故事会
任由我们挑选

那些枇杷生长的年代还没有过去
尽管爷爷的茅草已经荣枯过十九次
正是一个灵魂新生的时间
那么，好爷爷
请再一次收下诗篇
去年的枇杷已由我爸爸寄过来了
今年春天我看过它们开花又结果

万物生长的周期赐予了我们
景观、收获和记忆
虽然有三株枇杷树已经倒下

至少还有三株枇杷树依然高过屋顶

枇杷的种子在发芽

油亮的叶子正在长出来

我爸爸每年都守着它们

今年他告诉我枇杷又红了

因为无人采摘

鸦雀吃它们

它们落到地上

鸡和鸭子也去吃

爸爸，这都是好事情

我感激那几株枇杷树

也想念爷爷、妈妈

还有我现在家中的爸爸

2020-6-22

微风轻拂的时候……

微风轻拂着大树
野火在大树上燃烧
清醒的人隔窗看见它们
野火烧红了新年的青枣

鸟巢在树丫点燃
大鸟都飞到了南方
那时我正好醒来
隔着窗户看见火光一片

像往日的情感重新燃烧
我看见昔日的爱人在树上
向我重现过去生活的倒影
我在那灰色的影中凝望她

微风轻拂在余烬飘落的正午
阳光金黄是人们劳作的时候

2020—6—22

永恒的故事

水是坚固的
大船浮在海上
水构成了海
比海更坚固
也更形象

所有儿子中的硬汉
大地重复灿烂颜色
河流从远方到远方
直到
恋人长成,兄弟离散
羊群走散,群马衰老
父亲的房舍灌满了风

伟大的景观形成于
1993年
银杏树之歌响起的季节
河水长流从不上岸
青山常在
新年的冬天又下起大雪

山莫

伊莎贝

失去名字的兄弟

风中酋长

老上校

开心的孩子日日开心

伤心的女人悲哀到死

2020-7-9

我为什么喜欢看云

大哲学家铂美斯常说
一朵天空的云中蕴含着世上一切

诸神的后裔拉美西斯也在赫利孔山说过
他常常在一个山洞中夜间看云直到很晚
体悟到了人神之间不朽的灵感

数学家山多计算一千种云彩运动轨迹中的规律
发现了关于线性和空间性在视觉中作用的美妙

当我们熟悉的流浪汉一日从外面回来
面露回归家乡的心愿和喜悦
他的父亲从家门中走出来
一脚就将他踢回到街上

那一日流浪汉坐在家乡的河边回想起自己的名字
想到多年前的生活和他伸出的触摸过万物
却什么也不拥有的褐色双手
不禁哭了起来

他的哭声渗透到水里，泪水流进河水里
水草在不远处随着水声摇曳着静静流淌

一片金色的云倒映在河流中
泛出金色的波纹
映照在他脸上
在他眼睛里

那片云像恒星般静止
令他毫无倦意
在河边坐了整整一天
傍晚又回到多年前出走的那条路上
最终成为一位诗人
钟于抒发大自然的情感

2020-9-3

我出生在一株柿子树下，在五棵枇杷树和一丛竹林之间

我出生在太阳升起之前
在露水初来、白昼渐短的八月末
妈妈抓着木床上桃红色的被子
将我生在一株巨大的柿子树下
在五棵枇杷树和一丛竹林之间
接生婆、奶奶和我的姑姑守着流汗流血的
瘦小的妈妈，爸爸在旁边喜极而泣
爷爷在门外抽烟

太阳升起来的时候我和妈妈躺在一起
汗水已经消散，我的额头高高的
继承了妈妈绵软的头发、爸爸的鼻梁
在我记忆的起点，1983年的春天
阵风从树上吹落四月的最后一个干柿子
新燕来了，我开始走路、说话
记下妈妈缺乏乳汁的一年
创造了弟弟

五棵枇杷树一齐在冬天开出白色小花
春天结果。弟弟在床上爬，我在长大
失准的闹钟又重新走动

时间从新起点上开始
爷爷摘树上的柿子和枇杷
奶奶收拾河边的落叶和树枝做柴火
妈妈将衣服洗白
爸爸撒下渔网

他们看着我和弟弟长大，长大

2020-11-24

爷爷和我们的枇杷树

杉树是爸爸和妈妈的树
成长和童年惩罚之树
秋天最早接收露水
犯错事妈妈捡来杉树带刺的干枝条
抽打站在屋檐下的儿子

而爷爷种下的枇杷树是家庭
和生活之树，开岁月的花
五棵枇杷树环绕灰色的泥房子
一年四季送给我们
花瓣、雨水、果实和风

张开围裙将一切都收下吧
六月早晨打开门是成熟的红枇杷
表现植物和孕育之美
十月妈妈将风折断干枯的枝条送进灶中燃烧
奉献了生活的火

枇杷树还有三棵
爷爷和妈妈都已经死去
我离家乡三千里

2020－11－24

农事

把稻草晒干的工作不用我们去干
秋天的太阳每天升起来照耀着它们
绿色的稻草和金黄色的稻草
最终都被晒成灰黄

它们像小孩一样立在秋收后的田野中
既不明亮，也不灰暗

十月末我们将晒干的稻草就地垒成草垛
有时候它们依然是金黄色
那样更健康

十一月到了，秋霜过后稻草更加干燥
它们掏空自己的躯体，不再有一丝甘甜
等待着火，准备燃烧

爷爷们把孙子们远远叫到跟前
走——跟我去把稻草撑到家门口的草垛上
这样的工作让奶奶和妈妈冬天都有干稻草烧

2020-12-21

2017 年以前

唐的湖

唐太太带着孙女来到门口
雪下了一地。通往市长家的路上
树下没有一个脚印
——天气真好啊
唐太太伸出手来扯了扯黑披风
头发上的银粉落在手上
——我已经好久没有见过雪

她开始哭。松开唐太太的手
独自去踩那条没有人走过的路
伤口已经愈合了
市长的阴影依然留在脸上
这个冬天愁眉不展、刚刚失去童贞的姑娘
加入巴黎郊区一家"少女迷途家园"
从此戴上黑手套，再难快乐起来了

中秋帖

当我缩在阳台
想起安变成一个苍老的女人
神经质。她总是跟在别人后面
又从后面坐到旁边
像一个普通中学的中等生
总是用最普通的方法解题
惹得那些年轻人偷偷笑
——这个女人曾经吞食过自己吗

而你不知道
安曾经受人尊敬
这个被我可怜的女人一脸菜色坐在前面
她争着说话就像坠崖时要抓住每一棵树
如果不能回到1998年
不曾和几个年长的朋友谈谈
你又怎么会知道
这个女人曾经拥有过龙眼、欲火和康乐园

见过时间流逝
每个人都在衰老
当安这样的女人脱掉牛仔裤，穿上大白裙
她丢掉的那些书，谁又能帮她捡起

赵先生

赵先生就要死了

他躺在床上

平静地回忆了一段旧时光

昏迷中那不存在的恋情

让他暂时活了下来

现在他已经坐在轮椅上

由他的小儿子推着

阳光照在他身上

情人盘着头发来看他

——你还好吗？

——如果昨天晚上我们那个了

你会开心吗

妻子和情人在亭子里商量他的后事

赵先生在外面晒太阳

他的小儿子在旁边转圈

赵先生的脸就这样被黑布慢慢盖上了

所罗门之死

太阳出来了

所罗门躺在自己的床上

阳光透过窗户照着他的鼻尖

干燥的纸悬在书架上沙沙响

所有的植物都死去了

所罗门没有吃东西

他的床单也是白色的

抬眼就能望见墙上的一顶儿童帽

餐盘上红草莓的秘密信函没有发出

所罗门奄奄一息

就像死前的奥菲莉亚

阳光照在他的脸上

黑狗伏在椅子上

邻居的木头落下来

整夜都是风的声音

门和开水嘶嘶响

一张旧相片放在桌子上

自由（三）

多么好的一天
严谨的祈祷和神圣的颂歌起作用了
流动的约旦河神圣
这样就好，瘟疫也流走了
所有人拍手唱古老的歌
雨后黄昏多清冷
给我一块白肥皂吧
阳光下我会变得干净

我们的时代

她推开窗
我选择的时代就在外面
我的同伴住进人民新村
和我一起吃饭的人
变成大人物

如今月光多么好
我要说到的地方拥有吊兰
人们在街上走来走去
金虎餐厅的营业时间又延迟了
现在是晚上

我选择的时代进来一个青衣女人
小说家沉迷于叙事
深夜的敲门声响起
被带走的人越来越少
国王学院的天文教授以与人绝交为生

女信徒

她关好门窗
她买来东西
十三平方米的房间
她重新画上窗户

她将厨房装修好
她拨好闹钟
七只闹钟同时快进
现在是早上
不要打岔，让时间先走

她上午打扫房间
下午疏通下水道
马桶干了
她撩起新裙子
试了试风向

现在好了，只等天黑
死亡四通八达
——写好的信都寄出去
我的爱玛

国王的湖

我又回来了
和你在一起
我的湖
狭小的湖啊

又回到你身边
又记起旧习惯了
我的矮脚马在岸上走
去见老朋友了

穿上南方的裙子
在午夜笑声的水里
我们的湖往东流
在熟悉的南方部落

捡回母亲的胫骨
父亲的灰色心脏
我的包裹里有一封
捎给弟弟的情书

一盏多年不用的灯
我的蝴蝶结又解开了

谁是我的情人
走吧

去见我的高个子哥哥
去见他，和他打招呼
不要回来了
不要

擦去访客的脚印
见到了泡桐脆弱的胃
我的湖里尽是断枝
断枝啊

我的湖是绿色的
绿色多么沉腻
多么像深渊
藏着死亡的手杖

你可知道
我的脚步比叹息还轻
回来时没有惊动任何人

浏阳河的背影

浏阳河
我奶奶洗菜的河里
那些年溺水的孩子也都老了

继续藏进浏阳河
丰富它的故事
魔性更大的浏阳河里
我的母亲在河边挑水

我奶奶也就死掉了
烧了她的床和衣服
烧给她房子和家畜
所有的背影都消失在浏阳河里

我的奶奶不能复活了
我的母亲也就死掉了
这么多年来浏阳河的水
我为什么再没有喝过

我死之后

我死之后
会有什么新闻

谁会问起我因何而死
像怀念一条普通的芬兰河流

几个人会怀念我
为我写一段小说

在那个年代
不安招致的怀疑会有多少

请告诉我
该葬在哪里
能吹到东南风

年轻时给母亲的十四行诗

她是孤独的
坐在门口叹气
是一本小说的中间部分
有时候她给我钱，给我饭盒
有时候骂我
她的忧伤看不到尽头
月月坐在门口等我回来

远处的草绿了
远处的草黄了
远处的草枯了
我认得她和木门构成的影子
她从不说孤独，不说穷困
她只说每个月没有钱
她的头又痛起来了

在家乡

无论你多富裕，成为多么显赫的人
城里的门槛被踏破，不再说方言
家，总是要回的

旧大巴将你从城里往乡下送
泥雾越来越重，房子越来越散
行道树代替路灯，指引你回家
吃饭的桌子上灰蝇在飞

这就是你的故乡，没有跟上时代的步伐
每天早晨，人们在公鸡的长鸣中起床
你坐的火车去了另外一个地方：别人的
黑泥土，红泥土，黄泥土，别人的家

爱情

你是怎样的人
没有人比我更适合赞美你
当我推门进来
带着你熟悉的花

没有人比我更适合拥抱你
低头看见你的眼睛
当我推门进来
带着你熟悉的花

没有人比我更适合写你的名字
与你合用一块墓地
当我推门进来
带着你熟悉的花

向他们介绍你
做你遥远的妻子

永远的家族

我们严家有块坟地
这块坟地如今还在我家叔公门前
坐北朝南。虽然没有山，倒也宽敞

2001 年，我爷爷死后
就埋在这块坟地，在我奶奶旁边
他们两个的坟啊，圆圆的，相隔一米

他们生前的关系怎样，我早就忘了
现在他们挨在一起，年复一年
一句话也不说。这种关系

就像他们还不认识
1932 年生的施爱华遇上
1927 年生的严定洋。他们相亲

现在他们埋在同一块坟地
这个二三十人的家族议事广场每天都在讨论些什么
野鼠是最清楚的：每个人都有过秘密

那些小家伙在这里挖洞，晚上在底下跑
这里不也是它们的村子吗？它们生老病死

和严姓族人及他们的妻子擦骨而过

风吹过他们共同的村子，它们的地下庄园
夏天的洪水在身边流淌——他们昏黄的海
他们的神鬼故事、日常纠纷、债务、爱与恨

如今都在这严家坟地
既不神圣，也不卑贱。我们所有人的父母兄弟
像浏阳河水静静流淌。希望我死后也葬在这里
慢慢迎来我的妻子和儿女，我的母亲

作家幻觉（代后记）

严彬

我觉得自己还年轻。而我也并不了解我自己。

当我走在路上，看到面色焦黄、斑斑点点软软塌塌的中年人的脸，以为自己与他们不同——他人永远是别人的镜子。镜子反映的我也有不同，比如在穿衣镜前看到一张不好不坏的脸，在洗漱间的镜子里看到一张柔和好看的脸，在手机翻转的摄像头里看到一张眼袋沉重、眼角有皱纹、已经浮肿的脸。镜中人虽然没有一个是真实的我，但我站在镜子前面——照到的只能是我自己。

有时候看到一张美丽的脸，一个动人的身影，一双好看的眼睛，一副粉红的嘴唇，我以为那双眼睛也会看我一眼，或者无意间视线扫到了我，也停留片刻，那粉红的嘴唇会为我扬起唇线——她从我对面走过，有时候头抬得更高，有时候闭上眼睛，有时候走得更快，更多的时候面无表情。这样美丽的人，这样令我喜悦的脸，一天中我常常不知见到多少。

我感受的是人日常生活中表象深处的世界，看到的是永恒的事物。我以为自己有一颗深邃的心，追求平静而伟大的灵魂，创作与之相匹配的作品。我以为自己正走在成为大诗人的路上，我的诗已经接近大师作品，超出绝大多数诗人的作品。有时候作为诗人坐在台上讲话，我不知道自己说了什么，当我停顿和无法说出想说的话，我便认为作为诗人可以是一个不善言谈的人，一个沉默的人——我又何必能言善辩？我甚至可以不用解释自己。

我总是因此很失望，很沮丧。

当我想到记忆中的捷克作家赫拉巴尔三十七岁还在造纸厂工作，在文坛冒出头角是在四十七岁，我以为自己虽然至今在文学上并不理想但还有时间，距离四十七岁还有九年，距离六十八岁还有三十年，三十年足够一个擅跑的人拿到赛跑冠军，足够一个擅长写作的人从零开始写出杰出的作品。现在我为不能写出自己满意的作品而焦虑，我为自己的作品很难发表感到沮丧和失望。我继续做着观众，为他人竖起大拇指的人，酒局上开玩笑的人，朋友中的小彬彬。

阅读博尔赫斯时，我以为博尔赫斯的小说已经走入我心，我接受并掌握了他的语言；阅读卡夫卡，我以为和卡夫卡是同一类人，有相似的眼睛、黑暗中的心灵；阅读马塞尔·普鲁斯特的长篇小说时，我以为那是我能写而最乐意写出的小说……我也愿意在一间晦暗的房间里长时间待着，我愿意在少人的岛上长居。我看着大师的背影，觉得我和他们之间的距离就是我必然要走的路——成为文学大师。

当我无法写出幻想中的作品，便在房间里来回走动，昏昏欲睡；当我读着自己不成熟的作品，我以为这只是过程之一，我鼓励自己，还有时间（而不是像历史学家米什莱和作家普鲁斯特晚年常说的那样："我的时间不多了！"）。一个人中年时还是写作的学徒，他还觉得自己终究要成为大作家。

我常常说，我不是0，就是1，我不是作家的中间部分。我一直处在0中，有时候偶尔看到1的影子，但我一直处在0中……无法测量的0，不能计划的0，也许是永远的0……

我看一棵开满紫色小花的大树，觉得它感动了我。我喜欢看油画中和水粉画上盛开的花。我的书桌上有五朵风干的白玫瑰。我看一张照片，觉得它也可以在我的镜头里。

我常常站在厨房中反省一天的事，对过去的生活、不许诺的未来和没有公开的心灵忏悔。同时，我日复一日击杀厨房中的蟑螂。

我常常躺在床上握着妻子的手开始睡觉，因为那样的时刻，我以为自己还是一个好的丈夫、好的伴侣、好的爱人。看着女儿走在上学的路上，我以为自己是一位比一般人要好的父亲。

在一个梦中，我听到妻子的哭声。我推开门，在那间什么家具和装饰都没有的房间里，我看到她坐在一张木凳子上，对面是三个欺负他的人，两个男人，一个女人，像是审判。我在梦中觉得这个场景如此陌生。我打算冲进去和他们争斗，而我却消失在梦中灰色的雾气里。

睡不着的时候，我以为自己整夜都不会睡去。

2019-4-26